**MURAKAMI
HARUKI**

MURAKAMI

村上广播

—随笔集—

〔日〕村上春树 著

大桥步 画

林少华 译

上海译文出版社

MURAKAMI RAJIO

by Haruki Murakami

Copyright © 2001 Haruki Murakami

Illustrations © 2001 Ayumi Ohashi

Originally published in Japan by Magazine House Ltd. , Tokyo.

Chinese (in simplified character only) translation rights arranged with

Haruki Murakami，Japan

through THE SAKAI AGENCY and BARDON-CHINESE MEDIA AGENCY.

图字:09－1997－173 号

图书在版编目(CIP)数据

村上广播/(日)村上春树著;(日)大桥步画;
林少华译．—上海:上海译文出版社,2021.1
ISBN 978－7－5327－8615－2

Ⅰ.①村…　Ⅱ.①村…②大…③林…　Ⅲ.①随笔一
作品集一日本一现代　Ⅳ.①I313.65

中国版本图书馆 CIP 数据核字(2020)第 262121 号

村上广播

[日]村上春树　著　[日]大桥步　画　林少华　译
责任编辑/姚东敏　装帧设计/千巨万工作室

上海译文出版社有限公司出版、发行
网址:www. yiwen. com. cn
200001　上海福建中路 193 号
上海信老印刷厂印刷

开本 890×1240　1/32　印张 6.75　插页 2　字数 44,000
2021 年 3 月第 1 版　2021 年 3 月第 1 次印刷
印数:00,001—10,000 册

ISBN 978－7－5327－8615－2/I • 5314
定价:48.00 元

目录

译者短语

　　"长头发，十九岁，坐在混凝土地面上，靠墙吸烟，穿一件没有熨烫的衬衫，一条蓝牛仔裤，一双胶底系带翻毛皮鞋，一副天塌下来也无所谓的表情。时间是后半夜三点。"后半夜三点如此模样的这个人是谁呢？村上春树！不相信？这可是村上自己这么说的——在这本《村上广播》中亲自这么"广播"的（《广阔的原野》）。印象中，似乎再没有比村上更低调更在意隐私的作家了；但实际上，应该说再没有比村上更直率更敢于坦露自己的作家了才对。

　　同是坦露，有的人过于直白浮泛，而村上每每带有文学家村上特有的诙谐和睿智。汉语有个说法：涉笔成趣，用在村上这本随笔集中也足够合适，的确涉笔成趣。

　　容我试举几例。不少读者想必知道，村上的处女作《且听风吟》因获得"群像"新人奖而径直进入文学殿堂，并作为"商品"顺利进入流通领域，这对于一个小酒吧老板的人生无疑是划时代的重大事件。但在村上笔下明显带有灰色的自嘲之趣。出席颁奖典礼盛会，自然要西装革履。村上"因为没有西装那劳什子，就去青山的 VAN 商店买了一套减价的，配一双平时穿的白色网球鞋。"会前去出版社寒暄，不料大约是出版部长的人物对他劈头一句——"'你的小说是相当有问题的。啊，加油吧！'那口气，简直就像把误入口中的东西'呸'一声吐出去一样。这个家伙！是部长也罢不是也罢，说话怎么可以那么大口气呢！……既然给了奖——就算给的很勉强——那么至少表面上也该客气一点嘛！"是啊，言之有理。倘村上不自我坦露，人们还以为村上当时一定踌躇满志顾盼自雄呢！不过转念细想，窃以为那位部长口中的"相当有问题"，未必指小说作品，或者针对村上那身橄榄绿减价西装加穿旧的白色网球鞋亦未可知。由此观之，纵使村上，其人生也是相当不容易的。无独有偶，他的《国境以南 太阳以西》被译为德语出版后，德国一位著名女评论家在电视台文艺批评节目大声宣布："这种东西应该被赶出这个节目。这不是文学，不过是文学性快餐罢了！"（《相当有问题》）

再如谈恋爱。恋爱自是再有趣不过，但村上笔下的趣可能大异其趣。村上认为恋爱最佳年龄大约在十六岁至二十一岁之间。低于十六岁，未免稚气未退，让人看着好笑；而若过了二十一岁，必有现实问题难以摆脱；倘年过三十，"就多了不必要的鬼点子"。他还说年轻时最好不断恋爱。为什么呢？因为恋爱可以使记忆保持鲜度。而只有记忆——感情的记忆保持鲜度，后来的人生才能获得卓有成效的宝贵燃料。"上了年纪也仍在心中保留那种水灵灵原生风景的人，如同体内暖炉仍有火苗，不至于衰老得那般凄冷不堪。"他甚至认为同挣钱和工作相比，"一心仰望星星和为吉他曲发狂"那极其短暂的恋爱时光更重要（《像恋爱的人一样》）——喏，此君简直成了恋爱至上主义者。不过，恋爱至上主义者或许并不难找，而能像村上这样从恋爱这一行为中提取如此旨趣的人又能有几位呢？

不仅恋爱，甚至生死关头都被村上写得不失情趣。一次村上乘坐的希腊老式飞机的引擎在罗得岛上空忽然停止旋转。"飞机引擎死火后，四下鸦雀无声，惟有风声微微传来耳畔。那是个晴好的秋日午后，万里无云，整个世界一览无余。粗粗拉拉的山峦曲线、一棵棵松树、点点分布的白色房舍就在眼下舒展着。爱琴海在远处闪着亮光。我在那上方漂浮着，彷徨着。一切都呈现出虚拟的美，静悄悄的，远在天涯海角。"注意，生死之际此君发现了"虚拟的美"（《在罗得岛上空》）。而下面的现实的美则是在村上坐火车从东德境内穿过时发现的，"秋天的阳光醇厚柔润，在建筑物顶端闪闪发光。河流，树林，软绵绵的草地，云絮从上面缓缓飘移"（《有餐车多好》）。寥寥数笔，而情趣盎然。如此看来，坐火车胜过坐飞机。现实的美，乡愁，恬适，适度的倦怠感。

还有，村上再次提起中国，提起中国的大连。看过《旋涡猫的找法》和《边境 近境》的读者想必记得，村上来过中国。准确说来，一九九四年六月二十八日乘全日空飞机从东京成田机场飞来大连。那么在大连他做什么了呢？

我喜欢动物园。去外国旅行时常去当地的动物园，去了全世界各种各样的动物园。

去中国大连的动物园时，有个笼子挂一个只简单写一个"猫"字的标牌。笼子不很大，里边躺着一只猫。极普通的猫。我想不至于，就认认真真观察一番，但无论怎么观察，都彻头彻尾是一只常见的褐色条纹猫。当时我颇有时间，于是站在笼前看那猫看了好一阵子。猫弓成一团静静睡着，眼皮全然不睁，看样子睡得甚是香甜。

跑来中国一趟，何苦看一只再普通不过的猫看得这么入迷呢？连我都觉得莫名其妙。不过相当美妙的哟，这个。自不待言，睡觉的猫世界哪里都有，而观看动物园笼子里的猫的机会却不是那么多的。我切实感到中国到底是个深有底蕴的国家。

书中还有一处提到中国。除了猫，村上还喜欢柳树，垂柳。自家院子里请人栽进一棵柳树，春夏之交不时搬一把椅子在树下看书，但见绿枝摇曳，但闻沙沙低语，但觉心旷神怡。于是村上浮想联翩，由美国老歌《柳树为我哭泣》而英国小说《柳树》，最后想到中国："据说过去的中国女性在即将和所爱的人天各一方之际，折下柳枝悄然递给对方。因为柔软的柳枝很难折断，所以那条柳枝中含有'返=归'的情思。够罗曼蒂克的，妙！"不妨说，村上也够罗曼蒂克的，妙！动物园也罢，柳树也罢，俱是寻常景物，而村上无不涉笔成趣。是啊，文学作品需写得有趣，至少有趣是文学要素之一。至于是雅趣还是俗趣，是都市洋趣还是乡间土趣，虽境界殊异，然并无优劣高下之别，但凡有趣就好。

最后说两句题外话。这本《村上广播》是我译的第四十本村上的书。自一九八八年翻译《挪威的森林》开始，晓行夜宿，风雨兼程，岭南溽暑，北国冬寒，故园萤火，东瀛孤灯，尔来二十三年矣。二十三年间，我之所以始终没有减却对于翻译本身的热爱与虔诚。一个很主要的原因，就在于有幸得到无数读者朋友的喜爱和鼓励。无论远方来信还是网上留言抑或讲演会场，都让我切切实实感受到了这点——这其实是我最大的收获，作为曾经的农民，此外我还需要什么呢？还有什么可不满足的呢？

幸甚至哉，书以言志。

林少华

二零一一年十月二十九日于窥海斋

时青岛天高地迥满目金黄

关于西装

前几天收拾立柜，得知自己居然有五套西装，领带也有二十来条。可是根据记忆，过去三年时间我根本没穿过什么西装，领带一年扎几次也很可疑。尽管如此，却有这么多西装。怎么回事呢？连自己都莫名其妙。当然，毕竟算是像那么回事的成年人了，按季节准备几套西装以备不时之需也是常识。但另一方面，若改口来一句"我不穿哪家子西装"，由于职业性质的关系，也并非说不通。

怎么回事呢？想着想着，想起来了（本来早已忘个精光）——年届四十的时候曾下过一个决心："是的，已经不年轻了，差不多该像模像样穿戴一下了，过正规的成年人生活！"于是做了西装，买了皮鞋。当时正住在罗马，一来可以用合适的价格买到可观的西装，二来也有西装革履去的场所。若是不穿意大利品牌服装，去餐

馆都要被带去冷板凳。总之那是个以服装取人的国度。至于人格啦能力啦，在日常生活层面几乎派不上用场。不管什么都首先取决于外观。因此，人们无不衣冠楚楚。也罢，这倒也没什么不好……

可是回到日本之后，转眼就又重返以往粗布裤加网球鞋的生活，西装啦领带啦皮鞋啦统统忘去九霄云外。伤脑筋啊！

我想，人的实质这东西，再上年纪也是改变不了多少的。就算因为什么而痛下决心重新做人，而一旦那个什么没有了，差不多所有人在差不多所有场合也还是要"吱溜"一下子返回原形，一如复位合金恢复原状或乌龟缩回洞穴。说到底，决心那玩意儿只不过浪费人生能量罢了——打开立柜，面对几乎一次也没沾身的西装、一道皱纹也没有的领带，我打心眼往外这样想道。但是，如果反过来认为不变也无所谓，那个人却又变了，不可思议。事情也真是奇特。

不过，在我过去的人生中，有一套西装还是记得再清楚不过的，那就是差不多二十年前获得"群像"新人奖去领奖时穿的那套橄榄色棉质西装。因为之前没有西装那劳什子，就去青山¹的 VAN

1　东京繁华地段。村上事务所就在这附近。

商店买了一套减价的，配一双平时穿的白色网球鞋。那时觉得自己往下有可能开始新的人生。而若问新的人生实际开始没有，唔，既可以说确实开始了，又觉得说照旧也未尝不可，说不好啊！

有营养的音乐

　　看了维姆·文德斯电影《乐士浮生录》(Buena Vista Social Club)。时至如今，恐怕已无需介绍了。影片讲的是美国音乐家莱·库德把被遗忘很久的传奇性古巴知名演奏家找到一起在当地录音，又乘势去海外演出并获得成功的过程，即所谓"音乐纪录片"。出场的音乐家全都是极有魅力的人，音乐也令人兴奋不已，不知不觉沉浸其中。

　　问题是，看影片那天是大规模搬完家的第二天，由于搬了好几百件行李（仅旧唱片就有六千张之多），浑身上下累得像麻袋一样瘫软，真担心一旦在电影院椅子坐下去，双腿一软再也站不起来了。站立走动时倒没察觉，可一落座，疲劳就呼一下子涌了出来——这种情形是有的吧？

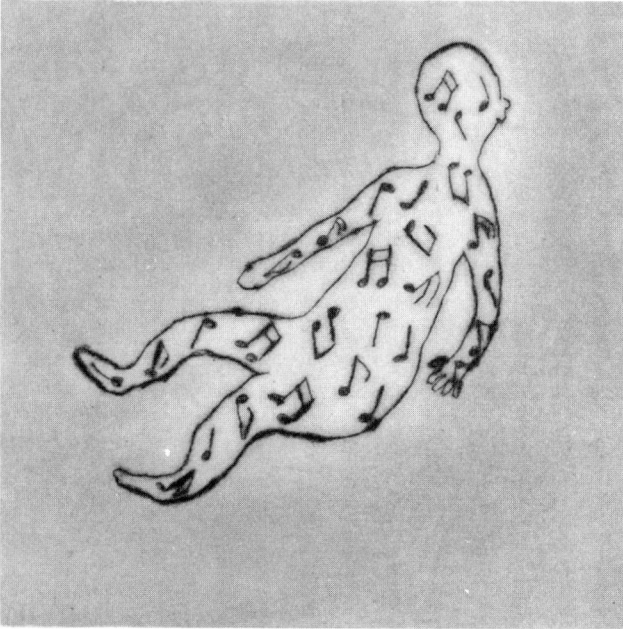

因为疲劳关系，电影开始后最初一个小时，看着看着就迷糊过去，实在睁不开眼睛。脑袋里明知精彩，而身体却被"吱溜溜"拖进舒舒服服的睡眠泥沼，甚至做了几场短梦。哪个梦都很奇怪，驴唇不对马嘴。每做一场梦，都觉得身上的疲劳多少减轻了一些。这时间里，耳边一直响着惬意的古巴音乐。这么着，电影也许有看漏的部分，但走出电影院时，我的身体已经通过做的几场梦而彻底恢复——用旧唱片评语来说，简直"等同新品"。这让我切切实实感到：我不是用脑袋，而是用整个身体来正当理解和评价这部电影的，我已经让影片彻头彻尾渗入身体，一口接一口吮吸它的营养。对此我可不想一一解释个没完，也很难解释。

不过，如果可能，这类电影不想用录像机，而想坐在电影院椅子上，在感觉亲密的黑暗中、在音乐的包拢下观看才好。否则，有的东西就很难融进来。

吉姆·贾木许拍摄的《马年》（Year of the Horse）也是以尼尔·扬的音乐会为中心组成的音乐纪录片，具有粗粗拉拉的独特质感，十分耐人寻味。两部影片都不是用所谓摄影机，而是用小型手握录像机拍摄的。因此，画面未免粗糙，但音乐的律动则栩栩如

生。近来投入成本制作的洗炼的音乐录像到处都是，有时很惹人
烦。然而真正好的、有用的录像好像反而难搞到手了——看文德斯
和贾木许的"音乐电影"时我这样想道。

餐馆之夜

一个特殊的夜晚，我和一位特殊的女士去青山一家高级意大利餐馆共进晚餐——话虽这么说，其实也就是和自己的太太前去庆贺结婚纪念日。什么呀，无聊！难道不无聊？也罢，无聊就无聊吧。

好幽静的餐馆。桌与桌之间适当离开。厚墩墩的葡萄酒一览表，连斟酒侍者（sommelier）都有。雪白雪白的桌布，灯光照明，没有音乐。代替背景音乐的，是惬意的静谧和两人的交谈。菜式为北意大利风味，做工考究的地地道道的小牛排。大致感觉上来了吧？总之就是不无做作的餐馆。价格不便宜，并非脚尖一歪就能去的地方。

我俩落座时，稍微离开些的座位有一对年轻男女。入夜时分还

早，客人只我们和他们两对。男方二十七八，女方二十四五，男女都长相端庄，衣着整洁，潇洒无比，好一对都市恋人。

要了葡萄酒，点了菜。等待时间里，半听不听地听着——或者莫如说擅自传来耳畔——两人的谈话。听得出，两人即将坠入情网。内容尽管普通得不能再普通，但根据声调猜得出大体进展。我也多少算是小说家了，那种男女心理机微在某种程度上是读得出的。男方心想"差不多该约了"，女方觉得"应约怕也未尝不可"。弄得好，饭后就赶去哪里上床都有可能。桌面正中荡漾着费洛蒙白色的雾霭。而我们这边到底结婚三十年了，费洛蒙基本没有踪影。不过，从旁边看满脸幸福表情的年轻恋人，感觉倒也不坏。

然而，被那种约会镶着金边的美妙氛围，在第一道菜上来时彻底烟消云散了——男方发出刺耳的声音"吱溜溜"把通心粉送进喉咙，那的的确确是惊天动地的声音，地狱之门打开或关上的声音！听得我浑身僵挺，我太太浑身僵挺，男侍应生和斟酒侍者也僵止不动。对面座位的女性也已浑身冻僵。所有人都屏息敛气，失去所有话语。唯独作为当事人的男子无动于衷，兀自"吱溜吱溜"啜吸通心粉，一副万分幸福的样子。

那对恋人后来的命运如何呢？至今仍时不时挂上心头。

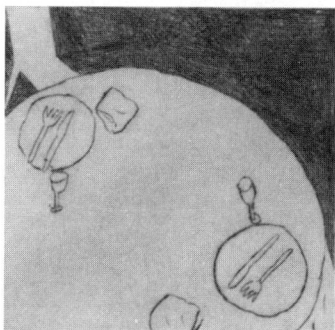

火烧胸罩

　　一般说来，小说家大概可以定义为执著于比较怪异（无用的）事物的那种人。时不时为"怎么又来了"那一类事情耿耿于怀。

　　举个例子。一九七〇年前后从事妇女解放运动的人为了强调妇女解放而作为运动的一环烧掉了胸罩。很久以前的事了，您可知晓？大家聚在广场上，群情激愤地生起篝火，把胸罩一副接一副投入火中。她们的主张是："这玩意儿在体制上束缚妇女，岂有此理！"报社记者拍照下来，大大报道一番。

　　那也未尝不可，我想。我因是男性，从物理角度看胸罩把人束缚到怎样的程度，自是上不来实感。但既然人家主张烧，那么烧好了，不应说三道四。

　　我为之困惑的只有一点：不知那胸罩是新的，还是在一定程度

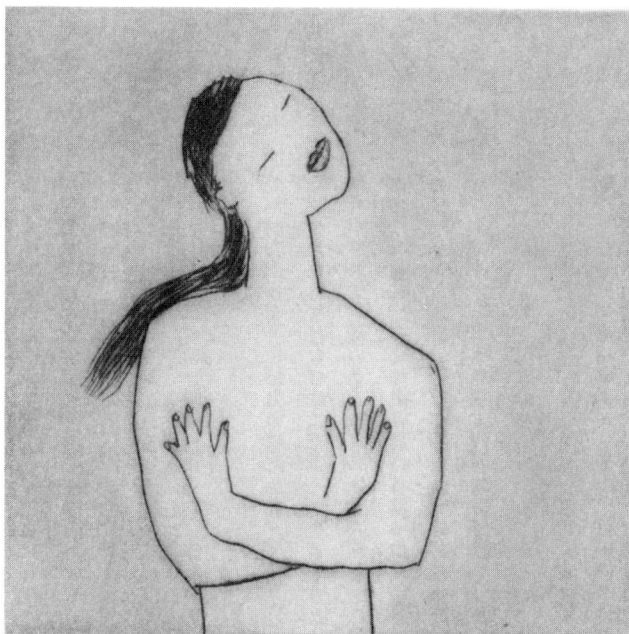

上用过的。这个问号如淡淡的影子紧紧贴在我的脊背。却又因为不能就此细部一一写给报纸（不会写的），所以真相不得而知。不过，估计烧的是一定程度上用过的，新的烧掉未免可惜。我不认为女性会那么浪费。

假如真是新的，那么被烧的胸罩就够可怜的了。在那之前一直恪尽职守（想必）来着，却被一把从衣箱里拽出来，存在意义像被作为十恶不赦的坏蛋一样遭到否定，遭到贬斥，在众目睽睽之下被投入熊熊火中，真是倒霉透顶！尽管没有血缘关系，我还是不由得为之同情。

另外一点不解的，是她们为什么只烧胸罩而不烧紧身裤呢？既然胸罩是束缚人的，那么紧身裤岂不同样（甚至有过之而无不及）束缚人吗？然而紧身裤逍遥法外，高跟鞋和假睫毛也被网开一面，单单胸罩被付之一炬，惨遭始料未及的噩运，就像《日瓦戈医生》[1]被作为某种历史扭曲的象征而必须穿过黑暗的命运长廊一样。可怜之至！无论如何我不想成为"某种象征"什么的，不骗你。

1　原名《Doktor Zhivago》，苏联作家帕斯捷尔纳克的小说。1957 年发表于意大利。描写革命时代为个人理想而生活的日瓦戈医生的精神苦闷和爱情。

也罢，到现在才细细考证三十年前被烧的胸罩也无济于事了。

可我还是想了这许多，闲人啊！

猫山君的前途

作为难上加难之事的比喻，以前我在哪里写道"比教猫作揖还难"。结果招来不少电子邮件："不对，我家的猫就会作揖的！"哎呀呀，让我吃了一惊。据其中一人的说法，只要在喂食时不屈不挠地坚持训练，差不多所有的猫都会作揖。过去我养了很多猫，但看情形怎么也无法进行那样的训练。从根本上说，连教猫作揖的念头都没产生。

对于我，猫终归是要好的朋友，在某种意义上是对等的伙伴。作为印象，总觉得教它做什么是不对头的。所以，希望猫山君（请允许我将其拟人化，以这个名字称呼）也堂堂正正地活着。当然我不是说猫作揖就不可以（我认为那也是不卑不亢的表现），但对我来说，猫山君是自由而 Cool（酷）的存在。

　　还有，作为老实厚道的比喻，有个说法叫"就像借来的猫一样"。以前有个年轻人问我何苦猫非借不可呢？是啊，为什么特意从外面借猫呢？莫非同心理治疗什么的有关不成？不、不是的，而是为了对付老鼠。如果有善抓老鼠的猫，左邻右舍必来相求："对不起，把府上的猫借用几天可以么？"就是说，过去日本住宅常有老鼠出没，猫是作为除鼠"机动队"饲养的。我小时候，家里养的猫就时常捕捉老鼠，还洋洋得意地叼给我看。这么着，猫在家里是作为有价值的存在保持自立地位的。也就是说，猫山君是拥有专门技能的个人主义者、Cool 的自由主义者。在那样的时代教猫打拱作揖，横竖想不出那样的主意。何况，那也毫无意义。

　　不过，如今老鼠几乎没有了——至少城里——猫山君的存在意义也就发生了变化，而一般仅仅作为可爱的宠物饲养了。其结果，屈尊学习作揖的猫也可能增多了。莫非每年有一次猫代表全国会议通过一个决议，决议认为"为了在这严酷的时代生存下去，猫们有必要重新审视结构，痛下决心进行意识变革"。全国的猫山君们全都在神社院子角落里袖手点头：是啊是啊，或许是那样的啊！

　　话虽这么说，可我还是喜欢大喝一声的猫山君："混账，作哪

家子揖！哼，我又不是哈巴狗，少给我来这一套！"加油！全国的

猫山君！

鳗鱼

驾驶朋友借给的闪着黑漆漆幽光的梅赛德斯·奔驰开进停车场时，右侧车灯被入口的柱子狠狠撞了一下，心想糟糕，这可如何是好！吓出一身冷汗。醒来一看：深夜 3：42。

这场梦到底意味什么呢？意味今天要吃鳗鱼。黑色奔驰是鳗鱼的象征，撞车灯乃是对吃高卡路里食物的自责之念的置换——以上纯属扯谎，只不过今天想吃鳗鱼罢了。做梦倒是真的。

不过，无需隐瞒，我顶顶喜欢鳗鱼，那东西真叫好吃！固然不是天天吃的东西，但每隔两个月必去吃一回：对了，今天该吃鳗鱼了！鳗鱼那东西是具有奇特氛围的食物，只消走进鳗鱼餐馆，按部就班点完鳗鱼，就会产生一种仪式性感触，觉得某个意念就此落下闸门，从而产生莫可言喻的快慰。

话又说回来，鳗鱼并非我一向喜欢的。小时候觉得心里发怵，家人吃，我也不吃，只我不吃。但从人生的某一节点开始，突然喜欢上了鳗鱼。至于何时何故吃起来的，却怎么也想不起来。反正一吃就觉得好吃。

很久很久以前，在奈良乡间旅行散步时，曾在一座小镇发现一家老式鳗鱼餐馆。进门被领去二楼，点了鳗鱼。时值偏午一点左右，我也好老婆也好，肚子都瘪瘪的了。不料第一杯茶端上来后，左等右等，鳗鱼硬是不来。等了将近一个小时，差点儿睡过去。这时间里肚子愈发饿了，饿得四肢瘫软。于是下楼打探，看到底怎么搞的。楼下黑乎乎静悄悄的，全无人的动静。看样子客人只我和老婆两个。

"对不——起！"一边招呼着一边前行，原来里头有个像是厨房的裸土间。仔细一看，仿佛往日波兰电影的湿乎乎暗幽幽的光线中，一个弯腰阿婆手拿粗扦子样的东西站在对面。在我注视下"嗵"一声往下一甩，刺中鳗鱼脖子，简直和梦中场景一模一样。

我默默折回二楼，继续等待。不大工夫，女佣端鳗鱼上来：

"让您久等了。"那可真叫好吃，不是开玩笑，的的确确好吃。深深觉得鳗鱼这东西是相当特殊的食物。

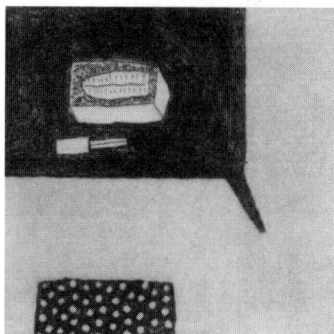

在罗得岛上空

我想人是不是有个差一点点就会死掉那一瞬间。当然，实际上也会有险些没命那类情形，但我说的和这个不同，而是在毫无来由的情况下忽然极为切近地感觉出死本身的存在。

或许，我们平时过于将死置之度外了（若一个劲儿考虑死，那也太累了）。但某个时候，会由于某个机缘而突然在脖颈上实际觉出死的气息：是的，我们极为理所当然地活着，白天吃鸡肉鸡蛋盖浇饭，谈笑风生，然而风向的一点点改变就会让我们倏然消失，我们就是这种虚幻的存在！相应地，周围世界的景致也会变得面目全非，尽管是一时性的。

一次在希腊乘坐老式双螺旋飞机时，我就体验了这点。虽是一架活像橄榄油沙丁鱼罐似的破烂飞机，但由于简单至极，事故却很

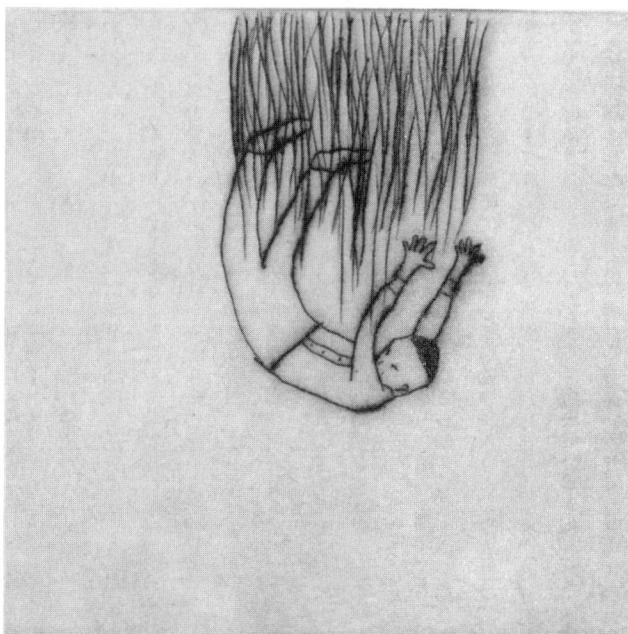

少——究竟如何我自是无从知晓——岂料，快飞到罗得岛机场的时候，不知什么原因，两个引擎忽然停止旋转。但是，无论空姐还是乘客都没有惊慌失措。估计不是故障，而是比较常有的事。

飞机引擎死火后，四下鸦雀无声，惟有风声微微传来耳畔。那是个晴好的秋日午后，万里无云，整个世界一览无余。粗粗拉拉的山峦曲线、一棵棵松树、点点分布的白色房舍就在眼下舒展着。爱琴海在远处闪着亮光。我在那上方漂浮着、彷徨着。一切都呈现出虚拟的美，静悄悄的，远在天涯海角。就好像原来把所有东西捆在一起的带子因为什么而解开滑落一样。

那时，我觉得自己就这么死掉也无足为奇。之于我的世界已然分崩离析，而此后世界的运转同我概无关系。自己变得透明，失去肉体，只有五感留下，像善后似的把世界看最后一眼。那是一种甚为不可思议的、安谧的心境。

不久，引擎点火，噪音返回四周。飞机大大盘旋着朝跑道降落。我重新找回自己的肉体，作为一个旅行者降落在罗得岛。并且作为继续存活之物在餐馆吃鱼、喝葡萄酒、在宾馆床上歇息。但那里存在的死的感触，至今仍带着鲜活的实感剩留下来。每当我思考死的时候，从那架小飞机上看到的场景就在脑海闪现出来。或者不如说，我甚至觉得我的一部分已经在那时死掉了，在澄澈如洗的罗得岛的上空，无声无息地。

胡萝卜君

老歌的歌词，惟其老，有的让人全然摸不着头脑。例如童谣《小红鞋》有这样一节："穿红鞋的女孩儿，被异人领走了。"

当然，"异人"指的是"异邦人"， a stranger，总之就是外国人。但不解其意的人相当不少。"异人"一词已是"死语"，加之"异"音拉长，以致变得不知所云。说无奈倒也无奈，但前段时间在网上征集关于"异人"的解释，结果集中了很多"误解"。

从数量上说，"被好伯伯领去了"、"被老伯伯领去了"占绝大多数。[1] 问题是，老伯伯应是年纪很大的人，拉着女孩的手在港口行走恐怕并非易事。虽说事不关己，但也还是让人担心。"好伯伯"倒是蛮有苦尽甜来意味，可是人这东西，不剥皮细看是看不清楚的，没准一觉醒来就一下子变成坏伯伯，来个居心叵测："嘿嘿

嘿，小姑娘……"

其中也有人解释为"被知事领走了"[2]。当时我觉得奇怪，知事大人何苦领什么女孩呢？不料闻知大阪府某知事的言行举止，让我顿生感慨：是吗，原来真让知事大人领走了！而若相反被东京都某知事领走了，难免要彻底接受德育教育，够吓人的。不管怎样，同"异人"相比，"知事"要现代得多，现实得多。

另外还有"胡萝卜君"这种不着边际的解释[3]。在横浜被胡萝卜君领走了会怎么样呢？被弄成胡萝卜可如何是好（啊，无聊）！我个人倒是相当喜欢"被easy[4]领走了"，轻松快乐，转瞬即逝，岂不蛮好！但弄到这个地步，就不适合童谣了。

不过，就算不能正确理解这首广为人知歌曲的歌词含义，或者就算解释错了，对于普通人的现实生活也是没多大妨碍的。或者莫如说在某种程度怀有"莫名其妙"这种fuzzy（模糊性）更能让人快

---

1 "异人"在歌词中是以假名"い—じんさん"出现的，发音和"いいじいさん"（好伯伯）、"ひいじいさん"（老伯伯，汉字写作"曾爷"）相近。

2 "知事"（ちじさん）发音也和"异人"相近。

3 胡萝卜君（にんじんさん）和"异人"的发音大体相似。

4 easy发音和"异人"极为相近。

意。不这样认为？假如语言、尤其从耳朵进来的声音性语言的所有含义和关联性都被大荧光灯照得穷形尽相一览无余，岂不让人有些惧怵。一定程度的匪夷所思对于人生还是需要的。我是这么想的。

胡萝卜君，不坏的嘛！

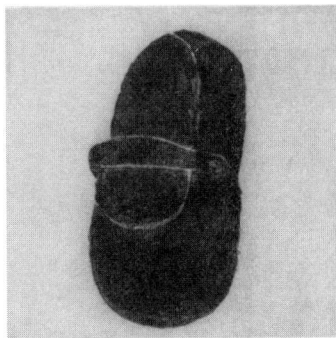

柿籽花生

世上不存在永久运动，这是物理学一般常识。但半永久运动或者"类似永久运动的东西"还是有一些的。例如吃柿籽花生。

柿籽花生知道吧？把辣得舌尖发麻的柿籽和一股甜香味的胖乎乎的花生混在一起，按合适比例搭配来吃。不知谁想出来的，反正主意不赖。一般人很难想出这种搭配。虽然不至于说自己想把诺贝尔和平奖献给他（说也没人当真），但毕竟极富创意。

以相声当说，若柿籽是"假正经"，那么花生则是"装糊涂"。不过，花生自有花生的洞察力，有其人格，并不仅仅点头称是就算完事——这种表现颇值得欣赏。有时甚至轻松接过柿籽的"正经"而尖锐地反唇相讥。柿籽则在心知肚明的前提下不无过剩

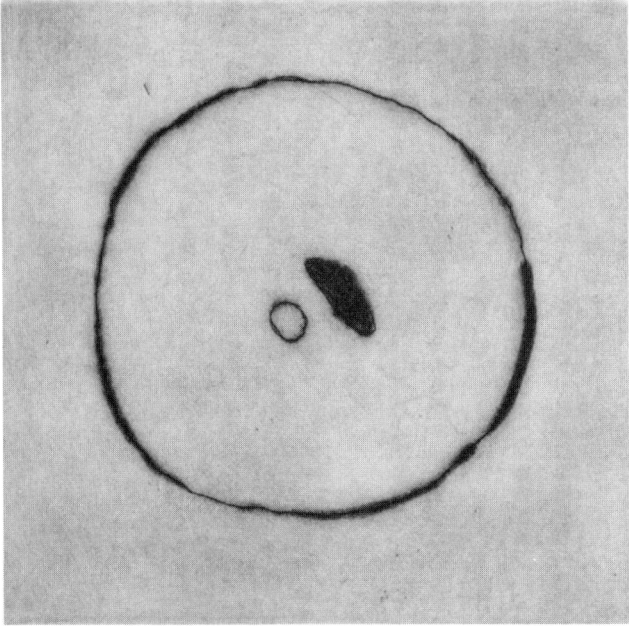

地刻意扮演自己的角色。

所以，——并非自我辩解——喝着啤酒吃起柿籽花生来，那可是欲罢不能的。意识到时，一袋空空如也。相应地，（因为喉咙干渴）啤酒也喝了一瓶又一瓶。无可救药啊！这样一来，什么减肥呀瘦身呀，全然无从谈起。

只是，作为食品即使如此出类拔萃的柿籽花生，也并非完全没有问题。问题之一，在于"一旦有他者介入，柿籽与花生的减少比例就彻底失常"。例如我的太太喜欢花生，和她一块儿吃，她只一个劲儿"咯嘣咯嘣"吃花生，结果唯独柿籽剩了下来。我刚一抗议，她就倒打一耙："你不是不太喜欢豆类的么？还是柿籽多一些好嘛！"不错，同花生相比，我是喜欢柿籽，这点我情愿承认（总的说来我喜欢辣的超过甜的）。

可是，吃柿籽花生的时候，我以最大努力克制自己的内在欲望，而尽可能公平地对待柿籽和花生。半强制性地在自己心目中确立"柿籽花生分配体制"，在这一特殊体制之中寻找乖僻而微小的个人欣喜。并且再次确认这样一种世界观：世上有辣东西有甜东西，二者要相互配合以求生存。然而，要让别人理解如此啰啰嗦嗦

的精神作业，老实说，那是非常麻烦的。这么着，我只是嗫嚅道
"啊，那倒是的……"，怯生生吃柿籽吃个不止。

　　唔——，一夫一妻制这东西是够难的了，今天也一边吃柿籽一
边深有所感。

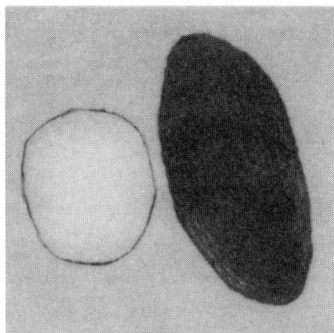

先看后跳也不坏

　　美国有个很有名的职业探险家，名字叫埃维尔·克尼维尔。此人一生当中经历了五花八门古灵精怪的冒险。其中最受好评的，是骑摩托跨越大峡谷（Grand Canyon）的壮举。为了乘势起跳而建造了一面斜坡，全速冲上坡顶，而后"嗖——"一声直接划一道弧线跳去对岸。这把戏，普通人（正常人）是横竖玩不来的。纵使最窄的地方也足够宽的，毕竟是大峡谷。

　　埃维尔·克尼维尔在完成此项壮举之后这样说道：

　　"跨越本身并没有多难，难的部分从即将着地时开始。"

　　是啊，听他这么说的确如此。若仅仅乘势跨越，只要身强体壮，谁都不在话下。问题是不着地是不可能生还的。自不待言，从实际骑摩托跨越大峡谷的人嘴里听来，自然深以为然：唔，哲

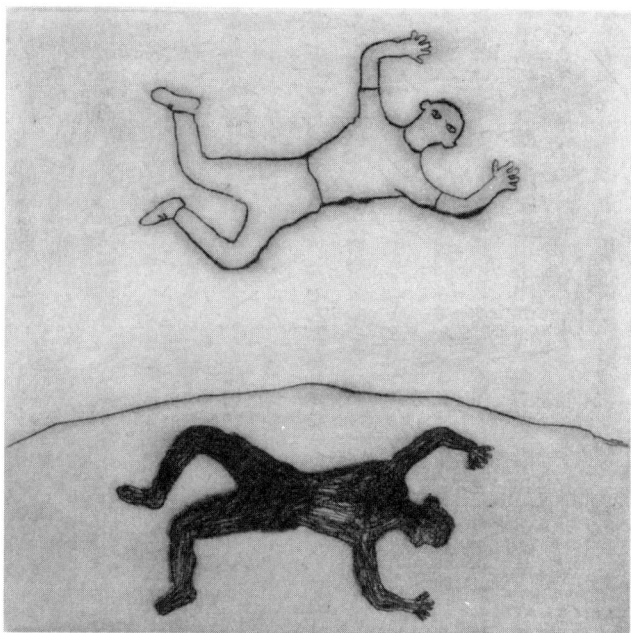

学啊!

内容与此相反，大江健三郎过去有一本书叫《先跳后看》。想来不可思议，年轻时瞄一眼书名，心里就深表赞赏：是啊，是要先跳后看的啊！这或许也是一种哲学。在一九七〇年前后的多事之秋，"先跳后看"甚至成了一句流行语。如果埃维尔·克尼维尔同大江健三郎就跳跃促膝交谈，想必妙趣横生，可惜不至于。

在迄今为止的人生中，我也有过几次冒险。现在回头看去，就连自己也为之钦佩有加：嗬，居然好端端活到现在！当然，无论哪一次都不是骑摩托跨越大峡谷那样的英雄壮举，但对当时的我来说毕竟是相当了得的冒险。既有着深思熟虑之后的跳跃，又有没等考虑好——有时并不具有胜任考虑的脑袋——就先行动的跳跃。受伤固然受伤了，所幸不是致命伤。所以才得以被世人大体称为"作家"，四肢健全地写这类不三不四的文章，一天天得过且过。

如果有人问我愿不愿意重新年轻从头活起，那么我只能回答：不，可以了。我可不愿意再干一次那种可怕的事，真的，不是开玩笑。

奥布拉迪·奥布拉达（Ob La Di, Ob La Da）

　　十岁到二十岁我是在六十年代度过的，同时代体验了"甲壳虫"从出场到解散的过程。但那时并没认为事情多么严重。即便《昨天》（yesterday）走红的时候，起始固然觉得不错，但日复一日总听《昨天》，最后也还是心想活见鬼，快算了吧！如今听得《昨天》的前奏也条件反射地涌起反感：活见鬼，快算了吧！倒是觉得歉疚。

　　高中时代一头扎进爵士乐和古典音乐，总的说来，对"甲壳虫"是敬而远之的。因为社会上有人气，在心里倒是"唔"了一声。毕竟正是不知天高地厚的年龄，难免采取那种不地道的态度。但不管怎么敬而远之，广播中也还是震耳欲聋地播放"甲壳虫"的走红歌曲，以致结果上"甲壳虫"的歌也还是成了——尽管我说三

道四——之于我的六十年代背景音乐那样的东西。现在自是心悦诚服：了不起的乐队、了不起的歌曲啊！为什么年轻时就不能乖乖接受呢？得得！

一天有事去远处一个地方，看见商业街上有人吹拉弹唱，弄出的音乐是《奥布拉迪·奥布拉达》。虽然吹拉弹唱的人没少遇见，但吹打"甲壳虫"的却是头一遭，不由得好奇地看了一会儿，用的是单簧管和锣鼓等往日古典乐器。不过听着听着，觉得脑袋莫名其妙地痒了起来。感觉上好像进了"麦比乌斯带"[1]式迷宫，怎么转圈都找不到出口。奇怪啊，到底哪里出问题了呢？如此想着想着，猛然心有所觉，原因是他们演奏的《奥布拉迪·奥布拉达》没有第三部分，即没有 AABA 这一形式的 B 部分，只将 A 部分反复演奏不止。

为什么将 B 部分跳过了呢？莫非演奏技术有难度不成？或者认为只是单纯重复最初部分更能发挥魔术性效果呢？不管怎样，至今仍时不时有当时那种"痒痒感"涌起，老实说，弄得我相当困惑。

---

1 将长方形带子的一端扭转 180°，而后将它与另一端拼接形成的曲面，有界面层但无表里之分。这种空间圆形是拓扑几何研究对象。由德国数学家、天文学家麦比乌斯最先提出。

挑战新的曲目固然其志可嘉。但既然演奏，还是希望把 B 部分也好端端演奏下来。没有 B 部分的音乐——随身听也是这样——就没了归宿，意外让人疲惫。

于是我忽然心想，"没有 B 部分的人"那样的人在人世间偶尔也是有的。所说的话每一句听起来都言之有理，而对整个世界的探求却缺乏深度，或者莫如说好比进了环行路而找不到出口……遇到这样的人交谈起来，到底让人疲惫不堪，那种疲惫感又意外挥之不去。"甲壳虫"倒是没有直接责任。

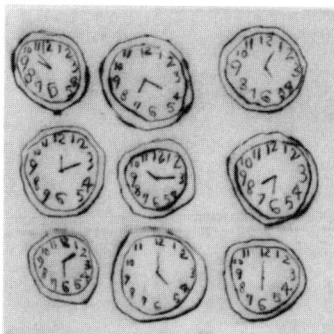

煮通心粉去

旅居意大利时我取得了驾驶证，在罗马街头大胆送走了新手开车时代。所以——去过罗马的人想必知道——差不多所有情况我都不怕。这是因为，罗马街头给予开车者的刺激、困惑、兴奋、头痛和扭曲的巨大快乐比世界上其他任何城市都多。不骗你。若有怀疑，你自己去罗马借一辆车开一下试试好了。

意大利人开车的特点之一，是每有什么不满就立马打开车窗大喝一声，手还不停挥动。开车当中做这把戏，从旁边看着都觉得够危险的。我认识的一个意大利人看见一个开车差劲儿开得慢慢腾腾的阿婆，超车时打开菲亚特驾驶席的车窗（为此必须飞一般转动摇柄）大声吼道："我说阿婆，别开什么车了，回家煮通心粉去！"对技术差劲儿开车者的不宽容是意大利人开车者的另一特点。

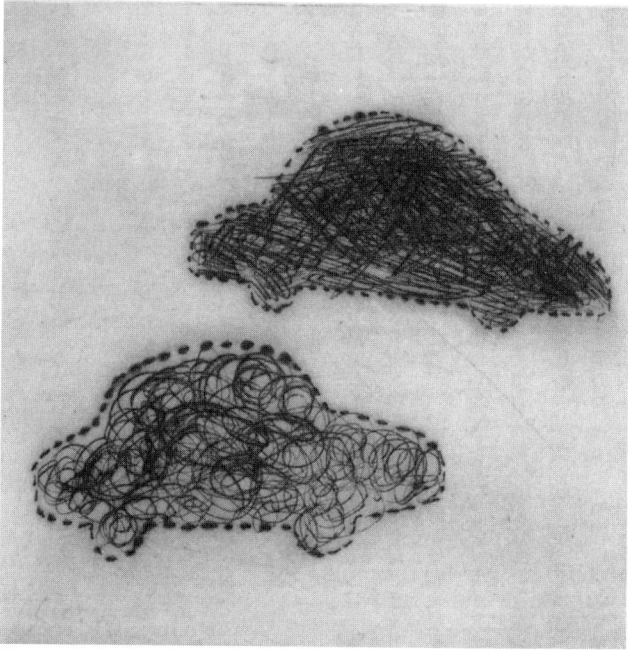

　　但我每次都不能不同情阿婆。阿婆想必也是为了生活不得不开车的。没准对着儿子哭诉来着："妈妈今天开车上街，给哪里一个男的吼了一通：'我说阿婆，别开什么车了，回家煮通心粉去！'"可怜！若是日本，想必成了"回家煮大萝卜去！"

　　说起来不可思议，意大利的通心粉实在好吃。也许你说那有什么不可思议，还不理所当然！我所以这么说，是因为在意大利周边国家吃的通心粉统统不好吃。只要跨过国境线一步，通心粉就突然难以置信地变味了。国境线真是个怪东西。这么着，每次折回意大利都由衷赞叹：噢，意大利，通心粉真好吃啊！我想，我们的人生骨架，恐怕就是由一个个"由衷赞叹"构成的。

　　东京意大利餐馆的通心粉也相当够水平，尽管是别国风味，却做得这么好，让人佩服之至。不过，越过国境线回来，在那一带的餐厅里美美受用意大利通心粉带来的"由衷赞叹"，到底是可遇不可求的。归根结蒂，饭菜这东西是"带空气"的——我真的这么认为。

苹果心情

前去看了约翰·欧文根据自己的小说改编剧本并获得奥斯卡编剧奖的电影《苹果酒屋法则》(The Cider House Rules)。效果非常好，难能可贵。原作不但长得不得了，而且许多部分有说教意味，多少有些忍无可忍。但影片把那种理胜于情的部分剪掉了，气氛恰到好处。当然，欧文小说的最大魅力，不管怎么说都在于其长度和不厌其烦，这方面倒是有点儿那个。

尽管如此，从司各特·菲茨杰拉德到福克纳、卡波蒂[1]，从钱德勒[2]一直到雷蒙德·卡佛[3]，许许多多一流实力派作家都曾向好莱坞发起冲击，而获得奥斯卡编剧奖的，约翰·欧文是头一个。或者莫如说，同电影发生关系而多少留下可喜成果的作家，以前几乎一个也没有。颠覆这一噩运无论如何我都认为是一件了不起的事。谢天

谢地!

这么着，《苹果酒屋法则》作为电影本身诚然津津有味，不过说实话，看电影过程中我一直馋苹果来着。毕竟舞台是苹果园，影片上出现很多很多看上去极可口的苹果。一旦动了馋念，就馋得险些流口水。那么想吃苹果实在是久违的事了。喜欢吃苹果的人（我觉得没有坏人）务请一看。

一般说来，苹果我喜欢酸酸硬硬的。所以，在日本我常吃"红玉"，在波士顿尽吃 Mclntosh[4]。Mclntosh（日本名叫"旭日"）是最便宜的一种苹果，超市里一大袋才卖几美元。买回来每天吃个没完没了。或者削了皮同西芹一起做色拉吃。这样，一想起波士顿时代，Mclntosh 那深红色紧绷绷的身姿就倏然浮上脑海。

虽说不是因为这层关系，但我确实一直对 Macintosh 电脑爱不释手。顺便说一句，作为水果的苹果写作 Mclntosh，作为电脑的苹果（Apple）写作 Macintosh，因商标关系拼法略有不同。早上起

---

1 Truman Capote（1937—1984），美国作家。代表作有《别的声音 别的房间》。

2 Raymond Thornton Chandler（1888—1959），美国作家。代表作有《漫长的告别》。

3 美国作家，村上春树几乎翻译过他的全部作品。

4 红苹果的一种，原产加拿大。以其发现及栽培者加拿大人 John McIntosh 的名字命名。

来，从厨房拿一个苹果走去书房，轻轻按一下带有苹果标记的
"Apple"键，在黎明的天光中等待显示屏做好准备。这时间里啃
着红红酸酸的苹果。心想好了今天也要加油写小说！这样的生活持
续了很久。我倒绝对不是讨厌 Windows，但眼下还不打算改换门
庭——毕竟 Windows 不带苹果标记。

牛蒡胡萝卜丝音乐

买回尼尔·扬新曲 CD，傍晚在厨房一边听一边单手拿着菜刀切牛蒡胡萝卜丝。听着切着，四周空气变得伤感起来，胸口一阵发热。尼尔·扬，切着牛蒡胡萝卜丝听起来确实不坏。我由衷想道：尼尔，你也要加油哟！我可是在加油切牛蒡胡萝卜丝咧！甚至想把做好的牛蒡胡萝卜丝送给他尝尝。不过，如果做着法式煎蛋卷听起来，未必这么深有感触，因为尼尔·扬的音乐基本有这种特点。

说起来，我过去就喜欢美国较为简单的摇滚乐，如今中意的是 REM 啦"红辣椒"（Red Hot Chili Pepers）啦贝克啦维尔科等等。这些人若出新曲，我无论如何都要跑去 CD 专门店。雪儿·克罗也蛮可以。复杂系列的摇滚我一向听不来。心想摇滚毕竟是摇滚，何必搞得那么费解呢！

这类音乐大体开车时听。还是想用大音量听。而在家里听，老婆要抱怨，只好一个人开车时无所顾忌地狠狠听个够。那种心情着实不坏啊！尤其是，我的车没有篷盖，天气晴好的午后，一首接一首听着"红辣椒"在那一带兜一圈，顿觉神清气爽生龙活虎。往下倒是有埃里克·伯登和"动物"乐队的老歌《天空领航员》（Sky Pilot），可是一边听这个一边手握方向盘，情绪意外亢奋。依我管见，很可能开到另一世界中去。有兴趣的人但请一试（别忘系安全带）。

听音乐的确要看情况，这点很重要。一个中年汉子独自在厨房切牛蒡丝时就不适合听"红辣椒"，《天空领航员》也不合适。不管怎么说，这时非尼尔·扬莫属。正相吻合的音乐在身后回荡开来，不但效率高，而且斗志昂扬。不过说起这个来，势必无论做什么都要挑选背景音乐，这可能是件麻烦事。今天切甘蓝圈，放什么音乐好呢？——如此左思右想之间，时间一忽儿逃之夭夭。

如果允许我发表个人意见——终究是个人意见——切甘蓝圈时听"曾经被称为王子的艺术家"似乎不错。埃里克·克莱普顿适合做香菇拉面时听，煎肉饼时只限于马文·盖伊。若问有何根据，自是狼狈不堪。可你不这么认为？不认为。是吗？

（注：这篇小稿是一边听阿玛迪斯弦乐四重奏团演奏《莫扎特初期弦乐四重奏乐曲集》一边写的。）

猫的自杀

　　马丁·莫内斯蒂埃这个法国记者写的《人类死刑大观》（原书房）是一本饶有兴味的书，关于古今中外数量庞大的自杀实例汇聚一堂，读来或心仪或叹息或深思。其中一章分配给了各种动物的自杀。是的，不光人，动物好像也自杀。

　　罗马的法国子弟学校的校长养的公猫向法国大使养的母猫求爱，遭到断然拒绝，于是从凡尔赛宫的阳台纵身跳下。是不是厌世无从知晓，但据看到的人介绍，"无论怎么看都只能认为是自杀"。这终归不过是我的想象，想必法国大使养的母猫卡特丽娜（假名）长得国色天香，而且自视甚高，只戴普拉达（Parada）的项圈。这么着，旁边的公猫塔玛（假名）一咬牙向她表明爱慕之心。"哦——什么？你说你喜欢我？你怕昏了头吧？看看你那半斤八两好了！半斤

八两！哪怕再过一百万年，我也不可能和你这样的在一起，哼！"
卡特丽娜冷冷说道。说得塔玛一蹶不振。人类世界常有的事。

另一方面，投海自杀的猫也是有的。某渔夫养的母猫上了年
纪，加上腿受过伤，性格渐渐变得固执起来。一天，把刚刚生下的
小猫托付给养主渔夫："这些孩子就劳您费心了！"说罢毅然决然往
海面跑去，直接跳进波浪之中。深深爱着——书中写道"尽管性格
不无奇妙"——那只猫的渔夫吃了一惊，自己也随后跳进海去，费
了好大劲才把溺水的猫救起。渔夫给猫擦干身子，让它躺在向阳的
地方。可是猫趁渔夫离开之机又试图以同样方法自杀，第二次达到
了目的。决心端的非同一般！

至于这些猫们是否真的痛下决心自杀即有意选择死亡，仅仅依
据这里的短文就此下结论是有难度的。但这些猫们当时在某种程度
上"失去求生欲望"这点恐怕毋庸置疑。即使猫的生涯也怕还是有
种种烦恼的。"啊——啊，活下去够麻烦的了，再不想这么苟且偷生
了！"尽管说不确切，但我猜测恐怕这样想来着。结果变得自暴自
弃，毛发变得雪白雪白（该剪了），就万念俱灰地"飕"一下子跳
过栏杆——这种情形想必是有的。

如此这般，你家的猫也要当心哟!

喜欢鸡素烧[1]

　　喜欢鸡素烧吗？我可是相当喜欢。小时候一听说今晚吃鸡素烧，就欢喜得不得了。

　　但不知什么缘故，过了人生某一节点之后（什么样的节点呢？）我周围喜欢鸡素烧的人一个也没有了。问人，人家也都冷冷回答："鸡素烧？唔——，谈不上有多喜欢。"我家太太也是如此："鸡素烧那玩意儿，五年吃一次就可以了嘛！"故而，婚后至今，记忆中从未像样吃过鸡素烧。五年一次，岂不比奥运会次数还少？就没人肯跟我一起吃顿鸡素烧不成？我中意蒟蒻粉条、烤豆腐和大葱，若是有人以肉食为主，真是再高兴不过，真的。

　　对了，众所周知，坂本九的《昂首前行》，在美国以《鸡素烧》为题出了唱片。一九六三年的事。当时大为惊异，心想怎么取

了个这么糟的名字！不料，连续三个星期都位居 Billboard 排行榜榜首，销量简直风卷残云。结果，这首歌作为"鸡素烧歌"得到全世界认可。如果调频调到专门播放老歌的 FM 电台，即使现在也能不时听到。驱车横穿美国大陆，在明尼苏达州一马平川的平原正中耳边传来这首"鸡素烧歌"，胸口不由得一阵发热。好歌啊！好多年来我一直主张，纵然不能把"鸡素烧歌"定为日本国歌，至少也该定为准国歌。尊意以为如何？

至于《昂首前行》何以成了《鸡素烧》，从很早以前就是个疑问。但日前看的一本书使我茅塞顿开：英国一支名叫肯尼·鲍尔的爵士乐队第一次录制这首歌曲的时候，大家无论如何也记不住"uewomuitearukoh"这个曲名，录音室里有人提出干脆叫"鸡素烧"（sukiyaki）算了，结果就那样成了唱片名。美国发行坂本九原版唱片的时候也挪用了这个名称。作为唱片名称固然驴唇不对马嘴，但那样或许也没什么不好。容易记，有亲切感。何况我喜欢鸡素烧，当即心领神会，就这样好了！

1　日式火锅。以肉为主，连同豆腐、蔬菜等物用调料汁煮在一起。

还有，《鸡素烧》走红之后，铃木章治的《梧桐小路》以《寿司》为名在美国发行了，可晓得？遗憾的是，这个有些卖不动。不过，要是"天妇罗"[1]啦"刺身"[2]啦这个那个接连走红，那肯定很有意思。听广播当中肚子饿得咕咕直叫——如此写着写着，又开始馋鸡素烧了，馋得不行。

---

1 一种裹面炸的食品，以鲜虾为主，另有茄子、辣椒、四季豆等等。
2 生鱼片。

粗卷寿司和棒球场

我十八岁那年作为大学新生来到东京。自那以来一直是"养乐多"棒球队的铁杆支持者。当时名叫"产经原子",弱得不堪一击。总是倒数第一,顶多第四第五。若问何苦声援这么弱的队,说痛快些,是因为喜欢神宫球场。喜欢球场,喜欢球场周围的景观,在结果上就喜欢上了(现在的)"养乐多"。当然,反"巨人"[1]这一因素也是有的,但主要原因是"养乐多"的比赛结果大多窝囊透顶,看得我时常在外场席草坪上落泪。

前些日子看一本医学书,上面写道:"自己偏向的体育队胜了以后,体内会更多地分泌出使人充满活力的某种分泌物",为之吃了一惊。那么就是说,统计这三十二年来的胜球比率,同声援"养乐多"相比,声援"巨人"将会使我度过远为充实的人生。事情是

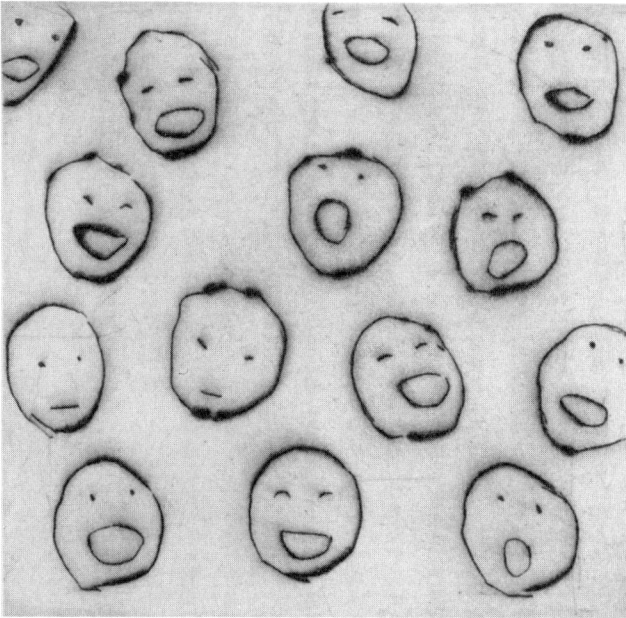

有些凄惨。不过眼下跟我说这个也没用了。我恨不得大声喊叫：喂，还我人生，还我宝贵的分泌物！

过去青山有一家寿司店，去神宫球场前我经常进去，请对方给我做特制的粗卷寿司当盒饭。时间还不到傍晚六点，除了我别无客人。老板也不出来。我在台前一边喝着啤酒抓着白肉鱼做的生鱼片，一边注视相识的年轻师傅做粗卷寿司。棒球比赛很快就要在没有多远的球场开始了——这或许也可称为人生的小确幸（微小而确实的幸福）。

我家太太不去看棒球，于是我时不时另约女孩去球场。"今天（少见地）幽会吧？"年轻师傅问道。"是的是的。"我回答。坐在外场席在夏日晚风的吹拂下喝纸杯生啤，分吃刚刚做的粗卷寿司。那阵子周围还有轻易陪我看热闹的独身女子："棒球？噢，好啊，这就去看吧！"而最近这种事也消失了。都结婚生孩子了，根本谈不上看什么棒球了。我在外国生活的那段时间里，"养乐多"的选手几乎全都更新换代了。无论各人情况如何，人生总要自行流

---

1 "巨人"棒球队，是一支强队。

向前去。给我做粗卷寿司的年轻师傅很早以前就另起炉灶，远走高飞了。不觉之间，那家寿司店也不再去了。

不过，粗卷寿司不错啊！星鳗啦鱿鱼啦煎蛋啦鸭儿芹啦葫芦条啦，好多东西一起钻进一个被窝，看着都让人开心。对了，女人大多喜欢粗卷寿司两端冒出的部位，那又是为何呢？

三十年前发生的事

搬家了。有了书库那样的房间，终于把塞进纸壳箱在仓库里保管了很久的一大堆旧杂志弄回身边。东西这么重这么多，不可能永远保留下去，总要适当处理才行——心里虽这么想，却不舍不弃地一直带到今时今刻。一九七〇年前后的《平凡 PUNCH》啦《电影评论》啦《太阳》啦《日本版 Rolling Stone》啦《宝岛》啦等等不一而足。《平凡 PUNCH》还是大桥步君画彩色封面时的东西，《anan》也从创刊号开始一连几年都一册不少。但由于十五年前被我养的一只母猫发神经撒了尿尿，弄得一塌糊涂。可惜！猫尿可是很不好闻的（人类女人倒也时不时发神经，好在眼下还不至于把水洒到书上）。

好亲切啊！这么想着，拿起旧《平凡 PUNCH》一页页翻动起

来，发现有篇报道说约翰·列侬一次接受采访时大发脾气。虽然"甲壳虫"已经解散了，但约翰·列侬仍好端端活在世上。发哪家子脾气呢？"我们（"甲壳虫"）四人过去大多数时候对女人是大家轮流拥有的。然而那三个家伙一次都没对阳子[1]动手动脚。这岂非严重侮辱？这实在让我火蹿头顶！"原来如此，原来有那种六十年代背景。世上存在各种各样发脾气方式。

还报道说，连袜裤的亮相也是在那时候，致使商店的内衣卖场卖不出多少三角裤了。就是说，不穿三角裤而直接穿连袜裤的女子多了起来。唔——，人世间居然有这么复杂的名堂。

吉本隆明[2]特集也出现了。当时的《平凡PUNCH》有的地方相当强硬，政治报道也多。吉本先生当时作为新锐思想家在年轻人中间拥有神圣不可侵犯的人气（现在也怕如此）。标题是"吉本隆明：谜一样的私生活全貌"。报道说，吉本先生家吃的大半是"自主流通米"。我恨不得来一句这算哪家子"谜一样的私生活"嘛！但毕竟特意去附近米店调查取证来着，付出的努力还是应予以认可

1　约翰·列侬的太太，是日本人。
2　1924年生于东京，诗人，评论家。曾参加"安保"学潮，思想激进。

的。此外还介绍了在那一年之前江藤淳[1]先生在银座一家高级夜总会招待吉本先生的趣闻。按同去的人的说法，吉本先生倾听了女侍应生的失恋情话，告诉她恋爱是怎样一个东西。嗬！

如此这般翻起旧杂志来，时间不知不觉溜之乎也。搬家物件总也收拾不完，伤透脑筋。可就是欲罢不能。

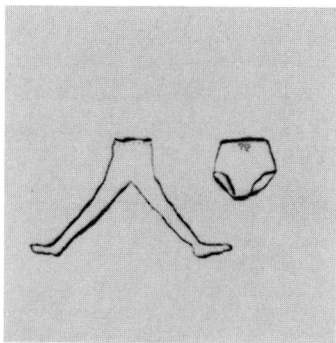

1　1933 年生于东京，评论家。曾赴欧美留学讲学，具有国际视野和国家意识，活动范围很广。

世界就是旧唱片店

　　我的爱好是搜集 LP[1] 旧唱片。"守备范围"主要是爵士乐，无论去世界哪个地方，只要有时间，都必找旧唱片店。前些日子在斯德哥尔摩待了三天，三天全部泡在唱片店里。同一时间里我太太泡在古董餐具店（那是她的爱好）。这么着，两人买的唱片和餐具的重量把归程搞得死来活去。去了斯德哥尔摩还对市内观光不屑一顾，好一对奇怪的夫妻！

　　寻找好的旧唱片店的最佳方法，总之就是问当地人，到处打听哪里有旧唱片。准备好市区地图，把要去的场所标上记号。换乘异国城市的地铁、坐大巴，怀抱沉重的物件长途跋涉。设定路线，一天转好几家。也有时候借出租车。赶到一看，不巧人家休息或是专卖重金属摇滚乐的时候也是有的，但那也全然不以为意。到了这个

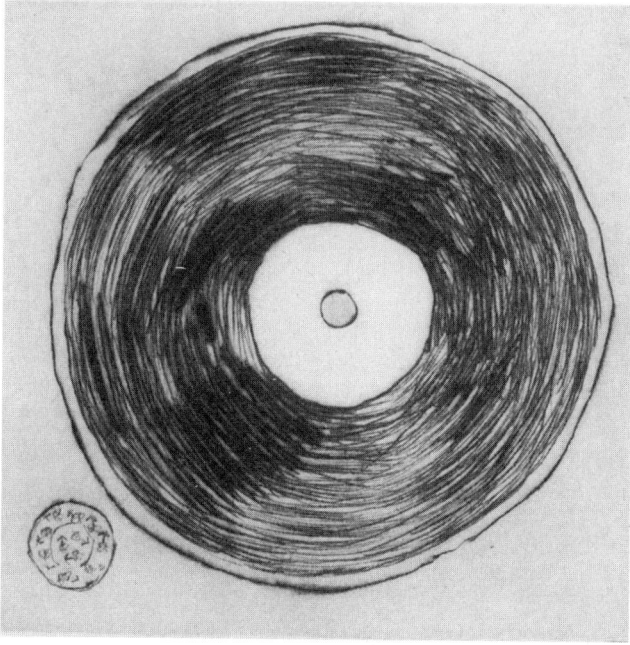

分儿上，可真够认真的啊，连自己都深为感动。就不能把这许多能量倾注到更为有益的活动中去？

我固然相当古怪，但旧唱片店的经营者不乏更古怪之人。斯德哥尔摩一家旧唱片店的老伯是个秃脑瓜子，长相一看就让人觉得别扭，起始态度也不够友好，但去过三天（唱片便是如此之多），到底心软下来："喂，不想看看更好的？"我说当然想看。于是他把我领到后仓房那样的房间。一看，那里放的许多唱片和外面大同小异（笑）。

带有一张简易床和能做咖啡的洗涤间。看样子，一个人睡在这里，不分白天黑夜整理唱片、查看唱片品质、确定价格。尚未整理的唱片堆积如山。壁橱里隐藏着舍不得拿去店堂的宝贝。唱片按演奏家排列，小心翼翼，一往情深。我不由得多少为之心寒：这老伯到底过的是怎样的人生呢！不过在情理上我毕竟不好说人家，只管承其美意，尽情找了整整一天。找得开心。想来，较之走马观花地观光，还是在旧唱片店后仓房消磨一天或许更有"旅行了"的质

---

1 Long playing 的略写，长时间演奏的唱片，密纹唱片。单面演奏时间约 30 分钟。

感。莎士比亚看破红尘："世界是舞台"。而村上我很想断言：世界
也是旧唱片店。

经年累月跑旧唱片店的时间里，只要摸一下唱片套嗅一嗅气
味，就会大体知晓那唱片大体是哪一时期发行的。一瞬间就能分别
出哪个是原始版哪个是再版。恕我饶舌，如果把如此热情转而用到
多少有益些的活动中去……

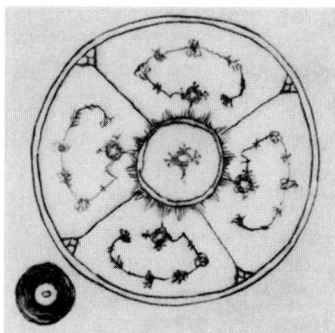

大衣里的小狗

　　世上当然有各种不开心的事让人气恼的事。作为我，再没有比被人拍摄面部更讨厌的事了。过去就对照片上自己的脸无论如何也喜欢不来（不是照片上的也谈不上多么喜欢，但照片上的更不喜欢）。因此，对于要求拍摄面部照片那样的工作尽可能予以拒绝。不过，正如保罗·麦卡特尼也要唱歌一样，人生道路曲折漫长，拒绝不得的场合也是有的。

　　若问为什么不喜欢照片上自己的脸，是因为面对照相机那一瞬间，脸就几乎条件反射地变得硬邦邦的。"好了，放松，笑一笑！"可我紧张得更加往双肩用力，笑容成了死后僵挺的彩排表情。

　　杜鲁门·卡波蒂作为作家登场时，用在书皮内侧的面部照片极

为（近乎病态地）漂亮，引起世间——尤其某方面的——好评。有人问"卡波蒂先生，面部照片照得那么漂亮的诀窍是什么呢？"他是这样回答的："那很简单，只要把脑袋里塞满好看的东西即可。只想好看的东西。那样一来，谁都会照得好看。"可事情不至于那么简单吧？实际试了试，根本不成。想必卡波蒂情况特殊。

不过，在和动物一起拍照时，即使那样的我，表情也放松下来，不可思议。猪也好狗也好兔子也好无峰驼也好什么都好，只要伸手可触的范围内有动物，就能相当自然地露出笑容。这点是我最近觉察到的，原来同一人居然会因为有无动物而表情如此不同。

时至如今，我倒不是想变漂亮（或者不如说想也无济于事），只是心想，如果经常能以身旁有小动物那样的温和表情天天过得舒心惬意该有多好啊！岸田今日子唱的童谣中有一首名叫《小狗为什么暖融融的》，我喜欢这首歌。词作者是岸田衿子。

小狗为什么　为什么　那么柔软
走路把小狗藏在大衣里可好

小狗　小狗　为什么那么柔软

出自 JASRAC[1]0306718—301

是啊，要是以经常把小狗藏在大衣里那样的温融融的心情度过每一天该有多妙！不过，实际把小狗放进大衣过日子，那怕是相当困难的。

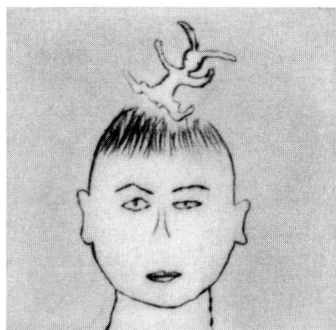

1　日本音乐著作权协会。

弗吉尼亚·伍尔夫真是可怕

　　知道萨莉·凯勒曼那个女演员吗？在罗伯特·奥特曼导演的喜剧片《陆军野战医院》[1]扮演一个表面冷若冰霜实则最喜欢性事的美女护士"热唇"。倒是有味道的个性演员，近来却完全见不到了。

　　在波士顿的时候，她主演的戏剧《弗吉尼亚·伍尔夫没什么可怕》公演了，我带着怀旧心情独自前去看了。在美国，演员很少演电影，怎么回事呢？原来常有演剧活动。

　　此剧整场都靠台词，简直泛滥成灾。对骂的粗言秽语也多，台词不容易听懂。但过去伊丽莎白·泰勒主演的电影看过了，也用英语看过阿尔比的剧本，所以大体可以理解。演出场所是哈佛大学所属名叫"快餐布丁"的小剧场。我坐在前面第十排正中间的席位等

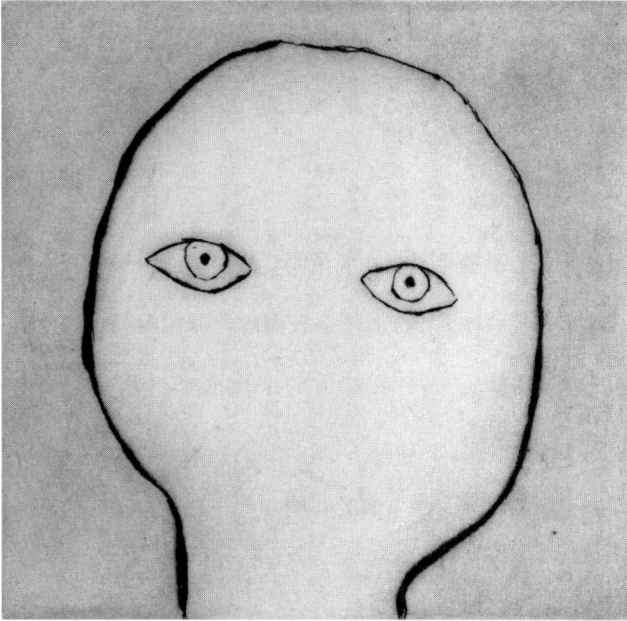

待开演。基本座无虚席。

剧开场了。没办法把神经集中到舞台上，身子在席位上动来动去。为什么呢？因我觉得凯勒曼每次脸朝正面时都好像在盯视我的眼睛，紧紧盯住不放。最初我以为是错觉，尽量不去注意。但随着时间的推移，开始变为明白无误的确信。她面对观众席讲台词的时候必不可少地定定注视我的眼睛——直接向我进行个人倾诉。

我不曾上过舞台，自是不得而知。不过作为一种演技，也许有的演员表演时要从观众席中选一个人把视线固定在那里。四周观众都是颇有知识分子味儿的白人，东方人仅我自己。所以，即使她作为容易识别的"定点"而将我从观众席间挑出来也没什么奇怪。

如此这般，我的脑袋直到终场都像羊栖菜乱作一团，全然想不起剧演得怎么样。不用说，一切都是我自作多情，实际上凯勒曼可能是高度近视——相距五米以上，连奄美[2]黑兔和保龄球都区分不出——根本看不清我的脸，什么都看不清。但不管怎样，反正搞得我心神不定，根本谈不上看剧。啊，好累！

---

1 又译为《风流医生俏护士》。

2 日本地名，"奄美诸岛"之略。

　　活生生的人在眼前表演的剧自有其特殊生命力。我虽然不是多么热心看剧的人，但偶尔心血来潮走进剧院，还是能觉出种类不同于电影和音乐会的刺激性，饶有兴味。如此疲惫不堪的时候偶然也有，不过倒是可以成为一个记忆。

傍晚的剃须

　　过去（现在怕也照样），某电动剃须刀生产厂家搞了一个实战广告。抓住一位上班途中的工薪族，让他在路上刮胡须。看到再次剃掉的自己的胡须，这位工薪族感叹道："刚刚用剃须刀剃过，原来还剩下不少啊！"广告当然编造，但蛮有现实感。

　　我偶尔也用这个厂家的电动剃须刀，效果却时常同广告相反。首先一点，用这电动剃须刀刮过之后，过一阵子还要用普通剃须刀重刮一遍。何苦找这麻烦呢？第一因为有时间，第二因为有好奇心。前面也说了，总之这一类型的人才能成为小说家。

　　从结论上说，即使我这顺序也还是刮不净。原因不大清楚，情况似乎是：普通剃须刀和电动剃须刀相比，哪一个刮法都有毛病，

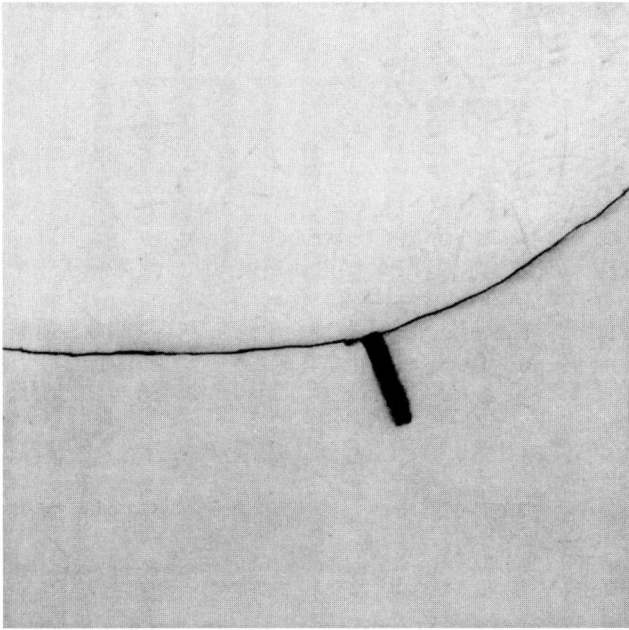

有擅长和不擅长的地方，都各有刮不净的盲点。加上早上忙，不管用什么方式刮，都很难有多少人慢慢刮得一干二净。在这个意义上，这个广告一方面是真实的，却又好像没有触及另一方面的真实，窃以为。事情无论多么琐碎，都需要从多个角度加以实证性考量。这很关键。

平时我只早上刮一次胡须，偶尔傍晚也刮。例如要去听夜场音乐会啦要和重要些的人物吃饭啦等场合。我过的几乎是没有夜生活的农耕民族式日子，虽然不频繁，但如此情形一个月还是有一两次的。说麻烦倒也麻烦，可是因为傍晚剃须自有其相应的气氛，所以心情还是蛮郑重的：好了，要出门啦！起码不是早上剃须那种单纯义务性、习惯性行为。其中有一个类似生存实感那样的东西。

如此时候还是想用热毛巾捂脸，涂上剃须膏，用剃须刀平心静气地慢慢刮。然后仔细洗脸，洗去剃须膏，再对着镜子检查刮净没有。最后抹上护肤霜，一边受用轻微的"火辣感"，一边换穿刚刚熨过的新衬衫，穿上穿惯了的粗花呢外衣，蹬上皮鞋。这时候，如果在站前有人打招呼："您好，可以请您用这个电动剃须刀再刮一

遍胡须吗？"哪怕再温和厚道的我，恐怕也还是要吼道："哦？讨

厌，滚一边去！"

甜甜圈

　　这次谈甜甜圈。这一来，眼下正在认真减肥的人，我想还是不读为好。毕竟是关于甜甜圈的。

　　我向来不中意甜食。唯独甜甜圈例外，时不时没有来由地不由分说地想吃甜甜圈。为什么这样呢？我想，在现代社会，甜甜圈这东西不单纯是仅仅正中间开洞的一个油炸馃子，而大概是综合了"甜甜圈式"诸多要素，使之集结为一个圈形结构而以此提升其存在性……呃，所以，痛快说来，这就是我单单喜欢甜甜圈的原由。

　　我作为"驻校作家"（Writer in Residence）在波士顿郊外的塔夫茨大学工作的时候，去学校前时常买甜甜圈。把车停在路旁萨默维尔"唐恩都乐"的停车场，买两个甜甜圈，往自带的小保温瓶里

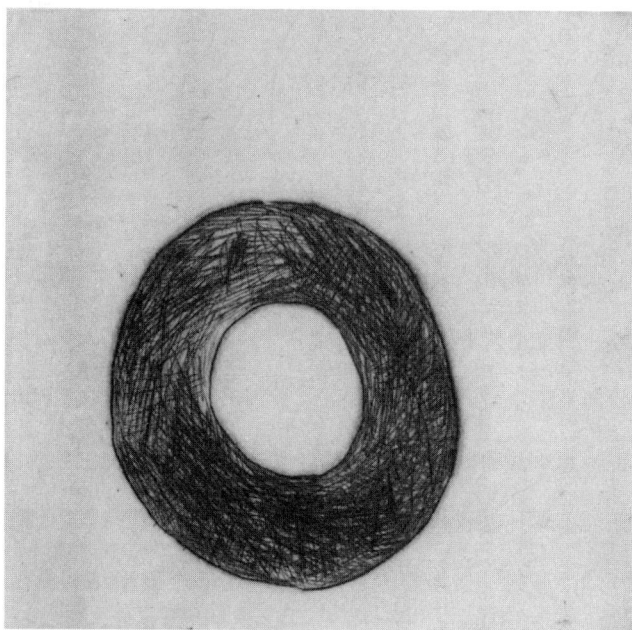

灌满热咖啡，拿着那个纸袋赶去自己的办公室。在那里喝咖啡，吃甜甜圈，用半天时间对着桌子看看写写，或同来访的学生说话。肚子饿的时候，有时就在车里直接啃两个甜甜圈。结果，那阵子我开的"大众"车里总是掉有甜甜圈渣渣。非我炫耀，车座上连咖啡渍都有。

对了，你可知道甜甜圈的洞洞是何时何人发明的？不知道吧？我知道。甜甜圈的洞洞第一次在世界上登台亮相是一八四七年的事，地点是在美国缅因州一座名叫肯顿的小镇。一个叫汉森·格雷戈里的十五岁男孩作为学徒在一家面包店做工。店里每天要炸很多面包，但炸到面包正中很花时间，效率低。目睹这种情况的汉森有一天灵机一动：如果在面包中间开一个洞，温度会不会传导得快些？一试，油炸时间果然短了，炸出的圈状物尽管形状奇怪，但又脆又香，而且容易咬。"喂喂，怎么搞的嘛（打哈哈），汉森？""唔，这个、不坏的哟，老板！"这么着，甜甜圈诞生了！这么活灵活现地痛快描述起来，你也许不信，担心受骗上当。但这是真的，一本书上写得清清楚楚。

刚出锅的甜甜圈么，颜色也好味道也好脆生生的口感也好，都

好像充满鼓励人多吃的善意。只管吃，吃得身体棒棒的，什么减肥
不减肥，那玩意儿明天开始不迟！

版画

　　德彪西有一首乐曲：《版画》。分三部分，首先是"宝塔"(pagodes)，其次是"雨中花园"，最后是"格拉纳达之夜"。钢琴以乐声像印象派绘画那样细腻描绘出每个富有异国情调的场景。乐曲优美动听，有机会务请一听。

　　高中时代我时常用唱片听一位名叫斯维亚托斯拉夫·里赫特的钢琴家的演奏。一遍一遍又一遍反复听个没完，一直听到唱片支离破碎，听得滚瓜烂熟。里赫特是冷战时期的苏联人，在那之前从未在西方露过面，是个迷幻般的钢琴家。一九六〇年前后第一次去外国演奏旅行，在意大利做了现场录音。这首《版画》也是那时的演奏，的确是光芒四射的演奏。指法强劲有力，却又极为敏感细腻，而且深处荡漾着仿佛黏糊糊的情念那样的东西。一言以蔽之，或许

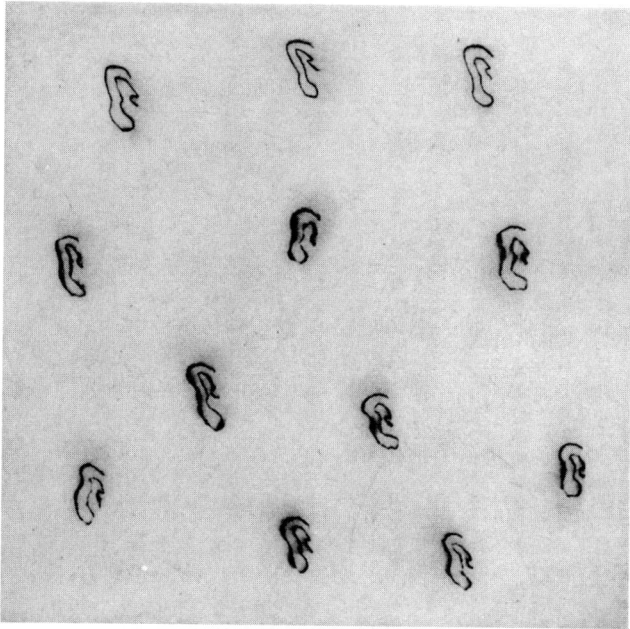

应该说是"鬼气逼人"。和所谓"德彪西风格"或许多少有所不同，但在所有《版画》的演奏之中，我个人至今仍最喜欢里赫特此时的演奏。

不过，里赫特这场演奏由于是现场录音，最后有听众掌声进来。这掌声也够好的。到底是意大利，在乐曲最后一音即将被吸入空气消失而又尚未消失那一瞬间，就好像对歌剧独唱时的绝妙呼应那样"哇——"腾起狂热的掌声和欢叫声。从中切切实实感受到观众对他的演奏是何等如醉如痴。真正的掌声就应该是这样子的，完美的掌声！这么着，就连掌声也和演奏一起深深输入我的脑袋。

这样，你不妨认为一天作为"课外授业"被从学校领去了音乐会。一位有名的日本女钢琴家独奏音乐会的节目表正巧有《版画》。虽然没有里赫特的演奏那般令人感动，但公正地说，那是一场别有韵味的优雅的演奏。演奏结束时，我当然鼓掌了。但糟糕的是，由于听音乐听得忘乎所以，我鼓掌的时机和录进里赫特唱片的掌声一样——在乐曲最后一音即将被吸入空气消失而又尚未消失那一瞬间条件反射似的"哇"一声鼓掌的。这可太丢人了。这里是日本，那种时候鼓掌的，除了我别无他人。羞得我恨不得钻进地洞里去。

现在也时不时听《版画》，每次听得有掌声进来都想起那时的事，脸一下子红了。人生当中感动多多，但丢人事也同样多多。也罢，光是感动多多想必也够累人的了。

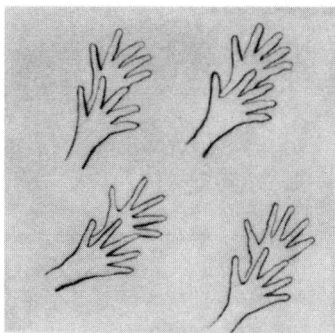

相当有问题

快到三十岁时，心血来潮地动了写小说的念头，碰巧拿了文艺杂志的新人奖。所以我没有习作这个东西，一开始写的就整个儿成了"商品"。那时倒是不以为然，心想也就那么回事吧。如今想来，可真是够厚脸皮的。

接到获奖通知，去位于音羽[1]的出版社见了责任编辑。然后去出版部长（大概是吧）那里寒暄。一般礼节性寒暄。结果对方来了一句："你的小说是相当有问题的。啊，加油吧！"那口气，简直像要把误入口中的东西"呸"一声吐出去一样。这个家伙！是部长也罢不是也罢，说话怎么可以那么大口气呢！当时我想道。一般人都要那么想的。

至于为什么给人那么说，是因为我写的《且听风吟》那本小说

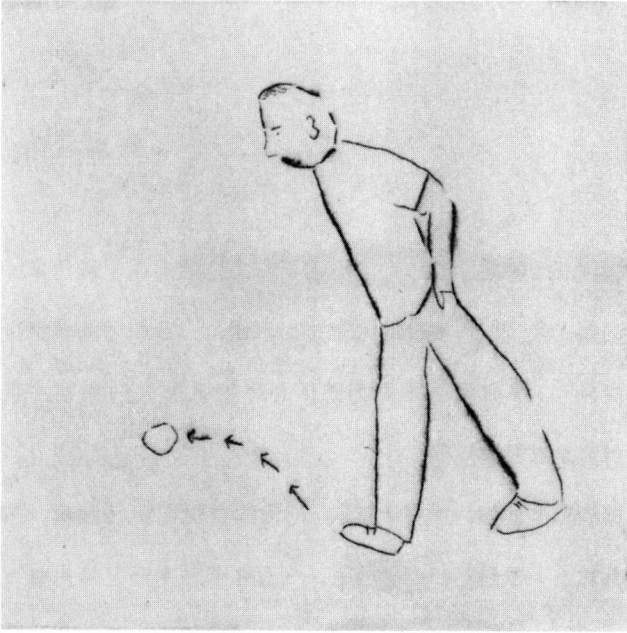

引起了很多物议。就连出版社内部也有人说"这么零敲碎打的小说算不得文学"。那么说或许是那样的。可是，既然给了奖——就算给的很勉强——那么至少表面上也该多少客气一点嘛！

但时至如今，傍晚一个人坐在院里椅子上细细回想人生旅程，开始觉得自己这个人也好自己写的小说也好的确是相当有问题的（现在也同样）。这样一来，我就想，相当有问题的人写相当有问题的小说，即使给人指脊梁骨也是奈何不得的。而这样一想，心里就多少畅快起来。自己的人格和作品哪怕再受指责，都可以满不在乎地来一句："对不起啊，本来就是相当有问题的嘛！"比方可能不确切，就算台风和地震给大家带来了麻烦，也只能说道"有什么办法呢？本来那就是台风（地震）嘛！"——二者是同一回事。

前几天德国有报社来信了。信上说，一家有人气的电视台的公开文艺批评节目选了我的德译本《国境以南　太阳以西》，著名文艺评论家莱夫勒女士说道："这种东西应该被赶出这个节目。这不是文学，不过是文学性快餐罢了！"对此，八十高龄的主持人站起

1　地名，位于东京都文京区西部。

来（为我）热烈辩护。最后，莱夫勒女士火冒头顶："哼，再不来做这么不愉快的节目了！"说罢，当即从坐了十二年的正式评论员座位上走了下来。信上问我对此是怎么看的。"所以我不是说了么，本来就是相当有问题的，不骗你"——我倒是想这样告诉所有人……

多此一举的飞机

夏天快过去的时候坐飞机去了北海道。这么说，倒好像快乐无比，实际上却一点也快乐不起来。入住千岁空港旁边一家旅馆，在那附近办事办到很晚，第二天又乘早班飞机返回羽田。忙得就连吃饭也是旅馆里应付了事。我要堂堂正正大声断言：哪怕再是为了工作，这趟旅行也太不像话也太少见了——除去想从地面观看大体与实物一般大的飞机起降的人。

所以，至少想带一本没看完的书在往返飞机上集中看完。却没有看成，看不成。为什么呢？因为干扰太多了。我乘坐的是 JAM（假名）这家航空公司的飞机，数了数，除了起降时必要的信息，光是想得起来的就有以下播报和各项机舱服务：

(1) JAM 卡的介绍。喋喋不休地介绍加入 JAM 卡是何等方

便、可以享受何等丰富多彩的服务。

（2）您用靠枕吗？你看报吗？杂志呢？（一切说 NO）

（3）机长导游（呃，本机正在通过仙台上空。比预定时间晚 5 分钟左右。唔，很快可以从右侧窗口看见什么）

（4）饮料服务。还有，"您还需要点什么？"

（5）肉包服务。不要。

（6）下面将用您眼前的荧屏播放 NHK 早间新闻。请利用您手旁耳机的第 1 频道。

（7）为您准备的 Christian Dior[1] 特制时尚 T 恤，胸部晃动漂亮的 D 字。另外，还作为夏季特别促销活动特别提供 JAM 机舱乘务员倾情使用的手袋。

（8）糖果服务。不要。

（9）告别寒暄。这个有也无妨，但内容相当啰嗦："夏天接近尾声了，红色的一串红花宛如美丽的地毯装点着街头巷尾，看着让人赏心悦目。请大家好好度过这个夏天，注意别苦夏。今天承蒙乘

1　法国著名设计师名，商标名。

坐 JAM 航班……"

不过是一小时的飞行时间，如此接二连三集中干扰起来，根本谈不上看书。啊，那"空中飞行的被褥房间"般的、冷漠至极的蒙古航班是多么令人怀念啊!

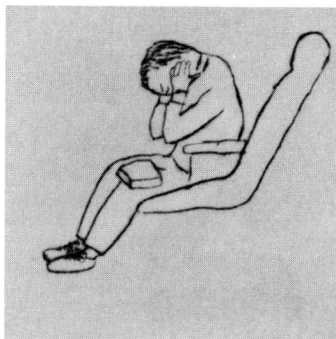

和炸肉饼的蜜月

以前我养了一只名叫"炸肉饼"的炸肉饼颜色的大公猫。理所当然，每次看见这只猫我就想吃炸肉饼，伤透脑筋。不过，炸肉饼作为食物倒是恨不起来。我喜欢吃。至于喜欢炸肉饼的人有没有坏人，我自是不晓得，但对于面对餐桌忘我地吃炸肉饼的人，无论如何不可能用棒球棍从身后突然给他一下子。当然我不是说如果他吃烤肉就可以但打无妨（自不待言）。

我家太太不喜欢做用油的食品。记忆中，结婚以来她从未做过炸肉饼和"天妇罗"什么的。因此，如果想在家里吃炸肉饼，只好去哪里买回来或我自己动手。我对做菜不怎么难受，兴之所至，时不时鼓捣炸肉饼。

买回马铃薯，煮了捣碎，加肉搅拌做成肉饼形状，蘸上面粉，

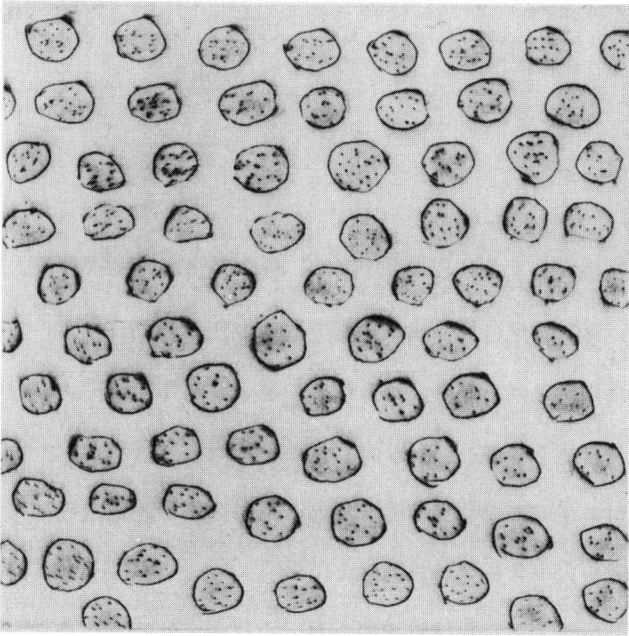

一个个用保鲜膜包起来冷冻。想吃的时候，就随意拿出几个出来解冻油炸。懒得一次次细细鼓捣，索性集中做足够半年吃的，投进冷冻室。当时因故买了商用巨型电冰箱，没问题。如此这般，在相当长的时间里，我得以同炸肉饼保持无比纯真而充实的友好关系。

可是，灾难简直就像小田原厚木公路段的便衣交通警车一样静悄悄埋伏着等你。某日，电冰箱突然坏了。想必漏气了。电是通的，却全然不制冷，致使集中冷冻的"油炸饼料"眼看着变软，像死去的奥菲利娅[1]一样受到致命损毁。不巧又是周末，想修理也没人来。万般无奈，决定尽可能多多炸来吃——总比扔掉好——是的，是吃了。吃了整整两天，差点儿撑死。苦啊！这么着，往下几年一看见炸肉饼就讨厌。甚至梦见被穷凶极恶的炸肉饼军团包围起来拳打脚踢。

不过，时间流逝，不幸记忆渐渐淡薄，同炸肉饼也得以言归于好了。集中鼓捣冷冻的精力固然没有了（一想到电冰箱可能出故障

---

1 Ophelia，莎士比亚悲剧《哈姆雷特》中哈姆雷特的恋人，因目睹哈姆雷特的怪诞行为等原因投水而死。

就胸口作痛），但商业街肉店刚刚出锅的炸肉饼偶尔还是买的。另外还在旁边一家面包店买刚炸好的面包，去附近公园把炸肉饼夹在里面，不想麻麻烦烦的事，只顾吃个不停。世上有许多美食店，但就快乐来说，哪里也比不上在晴朗得令人心旷神怡的秋日午后坐在公园长椅上无忧无虑地大吃特吃热气腾腾的炸肉饼面包那一时刻。比得上吗？（反语）不过，这本书谈食物谈多了吧。

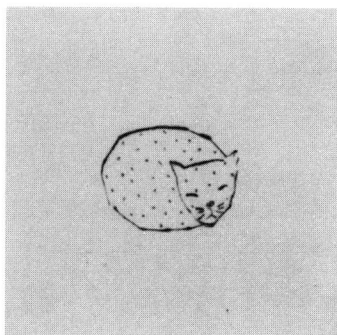

教不了

　　知道吗？夏目漱石当过学校的老师。《哥儿》的主人公是数学老师，但漱石本人教英语。在那个时代留学英国是很稀奇的，发音好得出类拔萃，学生无不惊叹。作为老师热心而有才能，并且具有不为既成教学法束缚的独特的思考方式，上课要求严格，但仍为众多学生仰慕。但他本人说"我不适合当老师"，踢开东大教授职位而当了作家。我也认为较之每天去哪里上班，还是在家里写小说自在。

　　不用说，漱石后来作为作家成了大器，奠定了日本近代文学的基础。可惜晚年搞坏了身体，在家里卧床不起。毕竟是胃痛（一看就知道是胃可能不好那一类型的人）。不料，一天弟子铃木三重吉去看望时，先生正蹲在茶室檐廊里，教附近穿着脏衣服的十二三个

小孩学英语。胃好像仍在痛，脸上没有精神，但教法亲切认真。孩子们回去后，三重吉问那是哪里的孩子，漱石说："不知是哪里的孩子，反正是来求我教英语的。我是个忙人，只教今天一次好了。我问到底谁叫你们来我这里的，回答说知道我是了不起的人，就以为英语也懂，所以跑来了。"

不过，忍着胃痛在檐廊教——"只教一点点，伯伯我忙"——附近脏孩子英语的漱石形象，那可真是感人啊！令人莞尔的场景。这是《英语教师夏目漱石》（川岛幸希著，新潮选书）那本书中介绍的趣闻。尽管说"我不适合当老师"，但漱石对教课本身想必决不厌烦。

非我信口开河，我一向不擅长教别人什么。自己一个人孜孜矻矻学习什么对我并不痛苦，但没办法将那东西嚼碎后讲给别人。妻冷冷说我"归根结底你这人就是只考虑你自己"。不是那样的，我只是不擅长罢了。教着教着心焦意躁，不检讨自己的教法不好，而是嫁祸于人：怎么连这个都不明白！也许人的器量小，横竖当不成好老师。

过去有人问一位有名的击球员击球的秘诀，击球员认真回答说："就是鼓劲猛打飞过来的球。"那种心情我也并非不理解。回答本身也无懈可击。此人已经退役，现在是一支球队的教练。不过，世上不适合教别人的人我想也是有的。

啊，不妙

若干小小的好运联翩而至那样一天是有的。

例如在斯德哥尔摩借出租车时便是如此。请对方把车送来酒店：萨博[1]9—3，闪闪发光的新车，而不是往日的样品车欧宝[2]Astra。季节是五月，天空晴成斯堪的纳维亚蓝（Scandinavia Blue）。心中打算沿高速公路径直南下，途中找一家乡间旅馆住几晚，然后连车乘渡轮到丹麦那边去（现在桥已通了，但当时还是轮渡优雅地往来），不错吧？在当地的工作也总算结束了，我们准备以晴朗的心情来一次自由自在尽情尽意的长途兜风旅行。

一大早退了酒店房间，发动汽车引擎（突突突！）。穿过市区，进入高速公路。手动换挡简直就像用热刀切奶油一般流畅轻快。如果要我在人生中选出一打最幸福的早晨，这天早晨想必入选

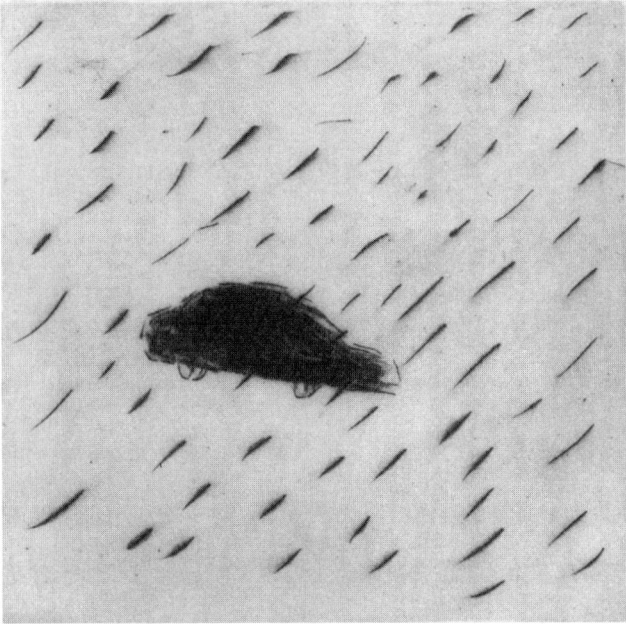

其中。

途中在美丽的湖畔一家餐馆吃色拉和鱼，吃罢继续南下。路旁满目新绿，萨博的引擎合着车内音箱中流淌的《驿号小夜曲》轻松惬意地歌唱着。美好的一天。不料这时坐在旁边的生活伴侣就像从现实这个无法坐视不理的行囊底部掏出两个星期前忘记刷洗的网球鞋一样提出一个凄惨的疑问：

"嗳，对了，护照和旅行支票和回程机票可带来了？"

"……"

护照和旅行支票和回程机票？

是的，我把贵重物品一古脑儿装进袋子寄存在酒店保险柜里，退房时忘记拿出来了。看行车里程，已经距斯德哥尔摩往南开出二百五十公里了。二百五十公里相当于从东京到浜名湖的距离，且时间已近下午三点。我深深叹了口气，把车停在路肩。而雨就像等待这一时机似的淅淅沥沥下了起来。

右转弯折回。不能不折回。好歹回到斯德哥尔摩那家酒店时，

1　瑞典汽车商标名。

2　德国汽车商标名，汽车制造厂名。

天彻底黑尽（进城后迷了路）。疲惫，加上徒劳感，使得两人话都没有了。幸运事集中找上门来之后必然要你退回老路，人生便是这样一个东西，真的。

至今看斯德哥尔摩地图时，那天发生的事仍浮上脑海，再次感叹"好事多磨"。尽管我觉得瑞典怕也不愿意因这件事被人记住。

人为什么爱寿司

我生在关东长在关西[1]，提起散寿司饭，不管总理大臣说什么，也不管联合国秘书长安南说什么，我都要说那是寿司饭中所用各种配料切得最细、最富于色彩的寿司。把薄鸡蛋饼切得细细地撒在上面，总好像有一种让人心情豁然开朗的韵致，乃是运动会永远受欢迎的盒饭内容。前几天看见母亲把煮好的寿司饭放进小木桶里摊开后用电风扇吹凉，感觉真是开心。白濛濛的热气犹如可歌可泣的无名魂灵冉冉腾起，轻柔的醋味儿微微漾满厨房。

可是回到东京后，一天在寿司店点"散寿司饭"，端上来的却是白饭上面零零碎碎撒着各种各样寿司那样的寿司饭，不由得大吃一惊。当然关东关西有别，鳗鱼也好杂煮也好，无论味道和做法都不一样。尽管如此，东西散寿司饭的概念差异如此之大也还是让人

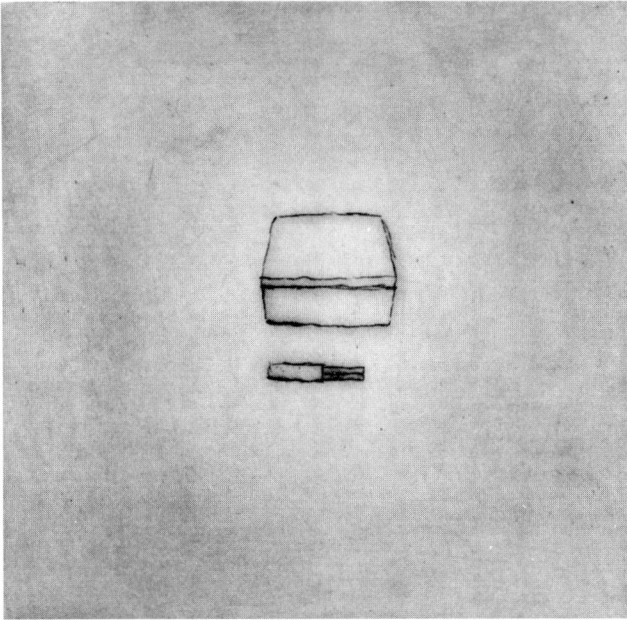

瞠目结舌。名称相同，而实物却完全是另一个东西。就好比根据照片指名要的"阿惠"，而出来的却是似是而非的巨乳"阿惠"小姐……这么说你怕也不大明白这个比方是怎么回事，也罢，算了。

已经在东京生活三十多年了，如今也已习惯"江户[2]式散寿司饭"了，喜欢当午饭来吃。可到底还是关西风味好吃。东京也有几家提供足够可口的纯关西风味散寿司饭，我时不时下决心去吃一顿："今天来关西散寿司饭如何？"我喜欢的是位于麻布的B店。这里的散寿司饭拌的海苔甚是赏心悦目，白饭几乎变得黑漆漆的，轻轻拨开上面星星点点撒着的种种样样搅拌好的配料（小鲷鱼啦豌豆啦香菇啦等等），这黑漆漆的海苔饭简直像刚过幼年期而趋于成熟的深层意识一样"锵——"一声闪露出来——一种无可言喻的愉悦，是的。

说回江户散寿司饭，《贤者的食欲》（里见真三著，文艺春秋

---

1 关西指以大阪、京都为中心的日本西部，关东指以东京为中心的日本东部。
2 东京旧称。

版）那本书里有这样一则趣闻：演员志村乔独自吃散寿司饭时碰上山本嘉次郎导演，志村把饭上面的鱼类全部移到小碟子里，和饭分开来吃。为什么这样呢？原来志村出身于原来的武士之家，从小就被严格管教说"不可以把东西放在饭上面吃，有失体统！"而他表示"不过这散寿司饭我倒是喜欢"（苦笑）——即使费这种个人性质的麻烦，他也还是禁不住要吃。

志村的心情可明白了？散寿司饭这食物，就是具有超越某种模式和道德的神奇魅力。

一塌糊涂的场景

这回谈卫生间。不中意这类不美话题的人和马上要吃饭的人，最好别看，跳过看下一篇。

我生来就不知道便秘是怎么回事。有人骂我"那岂不跟猴一个样"，但猴也罢獾也罢，什么都无所谓。毕竟人生苦难少一些为好。只是，即使这样的我也有两次——仅仅两次——"尽管有便意却出不来"。直截了当说吧，出来的东西又缩回去了。为什么呢？因为便所一塌糊涂，简直超出想象。第一次遭遇是在希腊阿索斯半岛一座小修道院。这个便所以前在哪里写过，这里省略不提。

第二次是借住无人荒野尽头一座蒙古军国境警备队宿舍的时候。这里的便所（或者莫如说是粪坑）又脏又臭，较阿索斯有过之而无不及。加上使用人数多，成了不大不小的粪池，不折不扣是噩

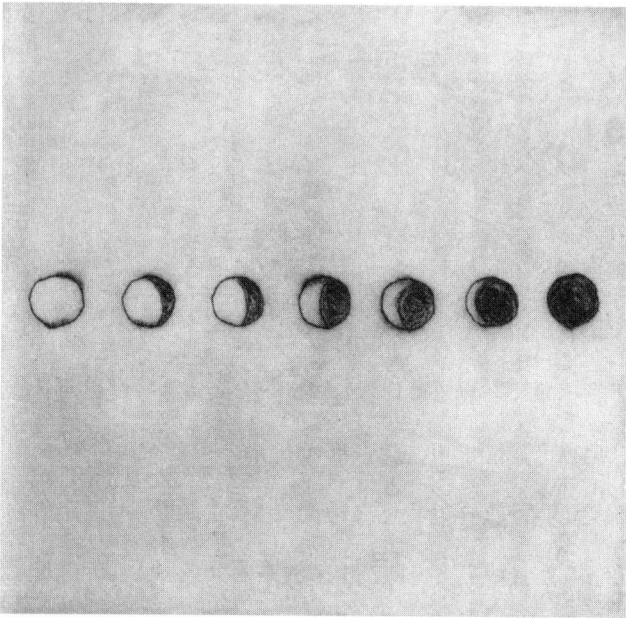

梦场景。人是蹲在一条横木板上解手的，看样子下面很深，一想到木板忽然断裂可怎么办，就吓得不敢靠近。汤圆大小漆黑漆黑的苍蝇群兴奋不已似的"嗡嗡"飞来飞去。我去了好多偏僻地方，自信能够在差不多所有的便所里解决问题，但唯独这两处吓得半途而废。

但是，最近读了安德鲁·蔡金写的《人在月球》（NHK 版）这本关于实施阿波罗计划时的宇航员们的纪实作品，得知我这些体验还只不过是温吞水罢了。而在宇航舱内解手（大解）乃是一场绝对超出想象的大麻烦。

感到有此需要了，宇航员取出带黏合剂的塑料袋紧紧贴在赤裸的屁股上。"东西"出来后，要用手指隔着塑料袋拉出。因为在无重力状态下无法自然掉下，必须自己拉出。顺利拉出后，接着打开杀虫剂密封器盖子。装入袋中，将"东西"彻底搅拌混合。这一过程要花一个小时，臭气简直臭不可闻——书中这样写道。那想必是的。请想象一下在门窗紧闭的本田思域车中三人轮流大解的情形好了。

更糟糕的是，如果有人拉肚子而来不及处理的话，宇航员就要飞起来像"抓蝴蝶一样"将同事的粪渣——变成不规则球体飘在舱中的粪渣一个个拾起归拢在一起。因为实在太臭了,那时间里必须使用应急氧气瓶才能呼吸。读到这里,心想不去什么月球不也蛮好的嘛!

广阔的原野

　　以往我还是学生的时候，新宿西口什么也没有。这里说的"什么也没有"，并没有什么复杂含义，不意味"没有值得大书特书的东西"啦"没有有价值的东西"啦等等，而的的确确什么也没有。有的只是广阔的原野。如今那里有酒店有政府大楼，反正高楼林立。

　　至于什么变得方便了，我倒是说不清楚。不过反正方便了吧。毕竟有为数相当不少的人在这一地区上班或购物。但就我村上而言，并没怎么实际感到方便了。我觉得，即便新宿西口一如往日仍是一片原野，也没有什么（完全没有）不便。甚至莫如说，还是那样爽净畅快。

　　虽说那里原本什么也没有，但作为未来城市计划的一部分，那

时就已把下水道准备妥当。在新宿玩得晚了懒得回宿舍或借宿处时，倘季节还不太冷，就和朋友一起在那里横躺竖卧。那时还没有流浪汉，不过是年龄相仿的年轻人三三五五消磨时间等待早上到来罢了。下水道里整洁安全。总的说来，有一种共同体般的亲密氛围。

一次，一个想当摄影师的朋友把我的形象照了下来。黑白照片。长头发，十九岁，坐在混凝土地面，靠墙吸烟，穿一件没有熨烫的衬衫，一条蓝牛仔裤，一双胶底系带翻毛皮鞋，一副天塌下来也无所谓的表情。时间是后半夜三点。大概是一九六八年夏天。

他很中意这张照片，放大了给我。前面也写了，我不喜欢照相。但唯独这张照片我自己也觉得不坏。我这个人背负的东西在那上面清清楚楚浮现出来。粗粒子中鲜明切取了时代的空气。很长时间里我一直小心保存那张照片，但一再搬家过程中丢失不见了。

照那张相的夜晚的事至今记忆犹新。近处孤单单蹲着一个瘦瘦的男孩，于是我朝他搭话。立川一所高中的三年级学生。"不想回家，"他说，"恋人怀孕了，让她怀孕的人不是我。"记得我想安慰他，却安慰得很笨拙。后来都怎么样了呢？

　　每次去新宿西口，我都心想：这里过去有的只是一片广阔的原野啊！尽管想也无济于事。

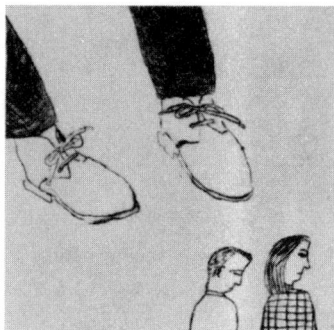

夹心面包店

日常性使用电脑的人想必知道，"哗"一声按下电脑开关，要等一会儿界面才能完全显现。上网获取信息也需要花时间。盯视显示屏静静等待自然焦躁不安（任何新的便利都要无一例外地带来一种新的不便），那时间里大家做什么呢？

我姑且忘掉显示屏，转过头悠悠然看小开本书。"悉听尊便，也悉听我便"——便是这样一种豁达态度。因为只能这样啪啦啪啦断断续续地翻阅，所以太长的情节复杂的书（例如陀思妥耶夫斯基的《鬼》）就不适用。可另一方面，翻阅手头杂志也觉得纯属"消磨时间"，没滋没味。这个那个尝试下来，结果童话最好。

　　现在读的是《英格兰童话集》、《苏格兰童话集》、《爱尔兰童话集》（FLARE 文库，福原麟太郎译）。虽是从家人书架上随手挑出来的，但半看不看地看着看着，开始看出滋味来，竟聚少成多地埋头看了许多。原版是一九五四年出版的，现在读来，文体相当陈旧——这种地方尤其有童话味儿，再好不过。

　　"很早很早以前，有一位老公公和一位老婆婆住在小河旁的小房子里。两人都很开朗，从不嘟嘟嚷嚷发牢骚。有房子有院子，还有两头油光发亮的母牛和五只母鸡、一只公鸡。另外有一只上了年纪的猫、两只小猫仔。两人因此觉得自己十分富足。"

　　这是故事的开头。嗯，气氛不坏。那么，故事接下去到底怎样呢？即使已远离少年岁月的人读来，也相当心动。但实际上，"十分富足"的老公公和老婆婆只出现在开头，再未露面。被一下子甩出故事框架，直接淹没在忘却之中，故事绝对离奇。童话总是免不了这种结构性离奇，读下去饶有兴味。

　　等电脑时间里翻动童话集的书页，实在妙不可言。界面万事俱备之后，也会这么读一阵子。小小的夹心面包店以后的命运如何呢? 哪位有兴趣请自己读读看。

袖珍晶体管收音机

有一位名叫阿尔玛·柯冈的英国流行歌手。演唱时间是在一九六〇年前后，已是相当久远的事了。时间过得真快。倒不是说因此之故，但每次想起这个人的名字，脑海里就不由得浮现出"朝为红颜，夕为白骨"这句话[1]。

意思是说，早上还是红光满面的年轻人，而到了傍晚就完全沦为白骨。故人之生死，难以预测。即使在哪里听得这句话，也请别问"睾丸有骨吗？"这里说的是红颜，睾丸无骨。我想没有，大概。

绕弯子了，说回阿尔玛·柯冈。此人唱的《袖珍晶体管收音机》这首歌，在日本也走红了。歌词内容是这样的："他每次都来和我相会，在我小小的晶体管收音机里，为了让我听最流行的歌

133

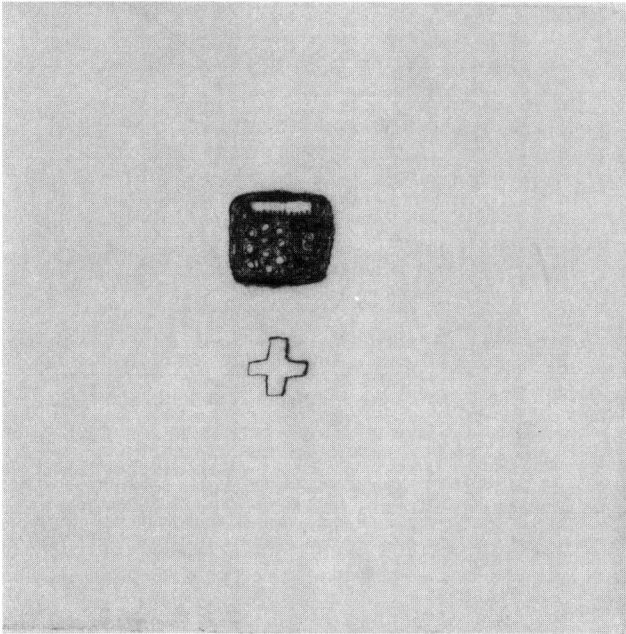

曲。"最后两人结婚了，"上了年纪也要一起听音乐"。那还是晶体
管收音机还是稀罕物年代的事。晶体管收音机这个词儿听起来觉得
新鲜，甚至产生了"晶体管女郎"这个流行语，指的是身段小巧玲
珑而富有性感的美丽女郎。

我至今仍清楚记得这首天真烂漫的歌曲。因为当时也正好同样
拥有一个袖珍晶体管收音机，听流行歌曲听得入迷。一按开关，瑞
奇·尼尔森和猫王埃尔维斯·普雷斯利的歌声就在耳边响起。音量
虽小，但毕竟是整个拿在手里的小玩意儿，去哪里都可以带着，得
以与之亲密无间地独自听音乐。只要有了音乐，别的概不需要。开
心啊！

另外，虽说我始终一贯对音乐如醉如痴，但这个小小的"袖珍
晶体管收音机"好比我音乐生活的原点。音响器材发展了，听的音
乐也由迈尔斯·戴维斯、巴赫向"红辣椒"突飞猛进（怎么说呢，
未免气势汹汹），但我心底总有那个小收音机的身影，就连那黑色

---

1 阿尔玛·柯冈在原文中写作"アルマ・コーガン"。而"コーガン"同"红颜"的日语发音"こうがん"相同。

皮套的气味儿也清晰留在记忆中。而且，每次在哪里听得阿尔玛·柯冈的老歌，一个十一岁少年所感觉的风的轻柔、草的芳香、夜的幽深就会活生生苏醒过来。

音乐是真好啊！那里总有超越道理和逻辑的故事，有同故事密不可分的深邃而温馨的个人场景。假如这个世界不存在音乐这个东西，我们的人生（即某一天变成白骨也无足为奇的我们的人生）势必成为更加难以忍受的东西。

天上的血红玛丽

坐国际航班，饭前必问要什么饮料："您喝什么？"这种时候我一般要血红玛丽。

血红玛丽知道吧？往玻璃杯里放入冰块，把伏特加用番茄汁稀释之后，滴上一滴调味汁，再轻挤柠檬汁淋上去。细说起来是说不完的，总之要领是这么回事。

若问我是不是喜欢血红玛丽，并不特别喜欢。回想起来，除了坐飞机基本不曾特意要过这东西。那么，为什么只在坐飞机时要血红玛丽呢？这是因为，好容易去海外旅行，总要啤酒啦威士忌啦等平常之物怕也没什么意思。其中应该需要某种有喜庆色彩的东西。

话虽这么说，飞机毕竟不是专门的酒吧，即使要伏特加吉姆雷特鸡尾酒或干马丁尼酒，也不会有好喝的上来。于是血红玛丽就成

了最后妥协方案。说痛快些，不外乎伏特加掺番茄汁罢了。

不过，若说有没有好坏之分，却是意外有的。实际比较各条航线端出的血红玛丽味道，差别简直大得惊人。

A级　伏特加和番茄汁以恰到好处的比例混合在一起，连同适量冰块装入大号玻璃杯。调味汁也毫不含糊。端来这种血红玛丽，顿时涌起幸福感。哪怕随时掉下去也觉得值（这是谎言）。

B级　将小瓶伏特加和血红玛丽搅拌罐分别端来："请您自己随意掺对！"尽管态度不无冷漠，小桌板也麻麻烦烦不适合掺对，但毕竟允许自己随意调合。

最差的是下面某条航线。

C级　调合比例一塌糊涂（伏特加多得不行，番茄汁少得可怜）。况且——或许做完过了很长时间——冰块化了，整个水津津寡淡无味。这种血红玛丽被"喏"一声递到手上，心想下次才不坐你的飞机呢，哼！虽说充其量一杯血红玛丽，不值得这么大动肝火。

所以，诸位航线人士，务请为我尽量端来美味可口的血红玛丽。仅这一点就足以使我满心欢喜。毕竟如今变得只能以血红玛丽的味道为基准才能想起航空公司了。

白色的谎言

我不擅长说谎。但对说谎本身并不怎么讨厌。说法或许奇怪，即"尽管我不擅长说深刻的谎话，可我相当喜欢无害的胡言乱语"。

过去，曾有一家月刊求我写书评。我是写书的，而不是批评别人的人，如果可能，不想写书评。但当时因故接受下来："也好，写吧！"问题是，按常规写起来没有意思，于是决定捏造几本子虚乌有的书来详加评论，如品评虚拟的人物传记之类。干起来令人十分愉快。捏造固然消耗脑浆，但读书时间省下来了。而且，对凭空捏造的书不至于产生个人怨恨，不会心想这个混球，尽写这么不伦不类的东西！

写这种伪书评的时候，一开始就已做好精神准备，准备事后接

受有人来信投诉"休得胡说八道!"或询问"去哪里能买得这本书"。不料,信一封也没来,颇有些让人气馁,或者说让人释然。说到底,我甚至觉得月刊书评那玩意儿恐怕是没什么人当回事的。究竟怎么样呢?

还有,现在我倒是比较认真地回答了,但当时年轻气盛,即使接受采访也每每信口开河。对方问正在看什么书,我就回答:"这个么,近来常看明治时期的小说。喜欢参与初期言文一致运动的非主流作家,具体说来,如牟田口正午、大阪五兵等人的作品,即使现在读来,我想也足够刺激。"不用说,哪个作家都子虚乌有,纯属捏造。可是,这等事谁也不明白。对这种信口雌黄的事我是比较擅长的,或者莫如说手到擒来。

日本有"红红的谎言"[1]的说法,你知道谎言为什么是红色的吗?这是因为,奈良时期[2]的日本有一种酷刑:对恶意说谎的人,往嘴里塞进十二张红色大福饼使其窒息而死——这也照样是说谎。为

---

1 "真っ赤な嘘",弥天大谎,完全无中生有。
2 日本定都于奈良的时期,公元710—794年。

什么是红色的呢？过去我就耿耿于怀，打算迟早研究一下。无奈几十年来一直忙得腾不出手（说谎），研究还没开始。

英语有个说法"White lie"，意为"无罪的（逢场作戏的、礼仪性的）谎言"（这是真的）。一如字面所示，"白色的谎言"。我的谎言总的说来接近这个。应该是无害的。毕竟，给人往嘴里硬塞十二张红色大福饼是吃不消的。

奇怪的动物园

我喜欢动物园。去外国旅行时常去当地的动物园，去了全世界各种各样的动物园。

去中国大连的动物园时，有个笼子挂一个只简单写一个"猫"字的标牌。笼子不很大，里边躺着一只猫。极普通的猫。我想不至于，就认认真真观察一番，但无论怎么观察，都彻头彻尾是一只常见的褐色条纹猫。当时我颇有时间，于是站在笼前看那猫看了好一阵子。猫弓成一团静静睡着，眼皮全然不睁，看样子睡得甚是香甜。

跑来中国一趟，何苦看一只再普通不过的猫看得这么入迷呢？连我都觉得莫名其妙。不过相当美妙的哟，这个。自不待言，睡觉的猫世界哪里都有，而观看动物园笼子里的猫的机会却不是那么多

的。我切实感到中国到底是个深有底蕴的国家。

在米兰的动物园，一直跟熊玩来着。那是一只吃树叶的大黑熊。

站在跟前看去，那只熊大口小口吃着偶尔随风落进围栏的大幅树叶，吃得津津有味。于是我也试着揪来那里的树叶投给它。它站起用爪子轻轻接住，送到嘴边吃了起来，样子甚是可爱。

那时我也相当清闲（我基本是闲人），三十分钟时间里一直揪附近树上的大树叶，接连不断投给熊吃。我也时不时想吃蔬菜色拉想得不得了，因此大体可以想象熊君的心情。看上去动物园也相当清闲，那时间里几乎没有人走过。但不管怎样，一次喂那么多树叶能合适吗？但愿别过后坏肚子。

库尔特·冯内古特的小说讲一个男子被外星人骗走，被关进那颗星球上的动物园。笼子（或者应说是围着玻璃的卧室）挂一个标牌："地球人"。那颗星球上的人都来看热闹。这么着，为了"配对"而一起关进了一个性感金发女郎。所以——倒是不好说所以——进一次动物园笼子或许也不坏，我可是时不时有这样的念头。你怎么样？没这样的念头？恐怕还是我不正常。

这样就行了

非我瞎说，有生以来一次也不曾——哪怕一次——打心眼里往外感叹"村上君好英俊啊！"在车站等电气列车时并没有哪位女性递过信来："在路上对你一见倾心。"丑得让人背过脸去的记忆诚然没有（或者有而没察觉亦未可知），但被人出神地盯视的时候也不曾有过。

其实也不光我，鼓捣出这个残缺而不知明日如何的"人世"的大部分人恐怕也都在那种不甚可歌可泣的幽暗地带任劳任怨日复一日地活着——反正我是这么随意想象的，也许并不如此。

我家太太时不时对着镜子小声叹道"啊，真想生得漂亮些啊！"（我母亲也说过类似的话）可我从未盼望生得英俊些。记不确切了，我想不曾盼过。

我这么一说，太太就瞠目结舌："你这人也真够厚脸皮的了，究竟算怎样一种性格呢？"可那不对，我决非厚脸皮。迄今为止，记忆中不曾有什么不如意，也没觉出不方便，所以我只是实话实说，"这样就行了嘛！"绝对不是强调"现在已足够英俊"。这里面有很大区别。

在过去的人生旅途中，记忆里虽然不曾被不确定的众多女性甜言蜜语，但我对若干女性怀有个人好意的时候是有过的。所幸其中几个人也看中了我，和我交往了一段时间。现在想来能够断言的是：看样子她们并非由于英俊这一个原因而中意我的。而恐怕是综合了我的想法、感觉、爱好、谈吐等种种要素（我甚至悄悄自负，脸蛋也应该多少包括在内）而看中——尽管是一时的——作为综合体的我的。

毫无疑问，这对于我乃是超越英俊还是不英俊的富有营养的事实，对于我度过漫长而麻烦的人生是相当大的鼓励。正因如此，我才说就这样也没什么不如意，并不盼望变得英俊些。

这也算是厚脸皮，这？

是厚脸皮吧，想必。抱歉。

圆周率老伯

早上起得早（一般五点左右），常听广播。在厨房做咖啡或烤面包片时间里，基本打开 NHK 早间广播节目。倒也不是听得多么认真——此外无事可干，半听不听地听着。

早上五点就听 NHK 广播节目之人的绝大多数是——可想而知——老年人。播音员也完全像对老人讲话那样播报，介绍的来信大多来自老人。音乐也不是热门歌曲排行榜前二十首里边的，而是大田区儿童合唱团唱的瀑廉太郎的《花》那种涩味十足的东西。

近来听的过程中，一个节目念了一位六七十岁男子的来信。此人某日决定背圆周率——能背多少背多少——现已背到六百位。他说，每天早上都行云流水背诵一遍。这样可以防止大脑老化。世上什么人都有。

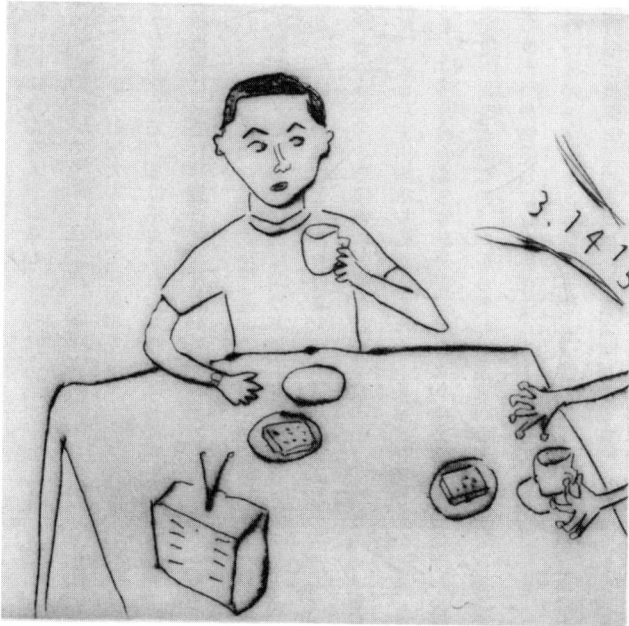

不过我想，此人在家里恐怕很难实际得到家人尊敬。天天早上大声背圆周率背到六百位，再是家人也难免渐渐厌烦起来。诚然是一项伟大的成就，问题是现实中很难出现需要六百位圆周率的事态。

将圆周率密码化，然后用强力电波向宇宙不断发送——这样的研究过去倒是在哪里有过，现在莫非仍在进行？为什么要发送那样的电波呢？为了同宇宙某处可能存在的知性外星人取得联系。为什么发送的是圆周率呢？据说，圆同其直径的比率是各国通用或者应说是宇宙通用的东西，任何文明达到一定阶段都必然发现圆周率。所以，将圆周率把握到怎样精确地步，就成了衡量文明的一个尺度。

因此，特拉法尔马星人解读电波送过来的密码，从而得出这样的认识："喂，老兄，那边太阳系方面好像有懂得圆周率的文明！"（受到过去日活电影[1]影响的外星人）"哦——，不得了，知道六百位

---

1 日本"日活"电影制片厂出品的电影。

了！郁闷啊，过去投一颗超级氢弹好了！"这一来，倒是有些麻烦。

可我何苦从一大早五点就担心特拉法尔马星人呢？这恐怕也是因为圆周率老伯出场的关系。 NHK 广播也成问题！

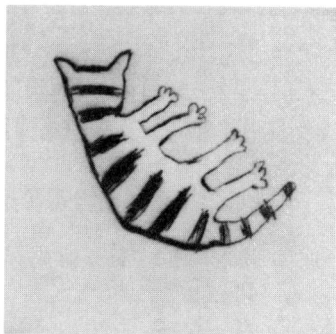

中央公园的隼

日前一大早去中央公园跑步，发现贮水池铁丝网上有一只隼。隼这种动物只在动物园笼子里看过，让我大吃一惊。而且不是在山中，是在纽约市的正中。我不由得使劲揉了揉眼睛。但无论怎么看都必是隼无疑。我停住脚步，目不转睛地注视它那光滑剽悍的羽毛和冷静而野性的眼睛。多么美丽啊！

去纽约时，一般都在曼哈顿东部或靠近中央公园的商业区和住宅区中间那里找酒店下榻。以地段来说，其实偏下一些的书店和旧唱片店集中的 Village 或 SOHO 一带更适合我的口味，但那无论如何都敌不过中央公园清晨跑步的诱惑，结果还是住在了这边。假如纽约没有中央公园，我甚至觉得我不会去那样的城市。

我不知道，原来我发现的隼似乎是相当可以的"名人"。隼一

般在悬崖峭壁筑巢，但一来细想之下纽约的高楼大厦和"悬崖峭壁"差不多，二来中央公园里小鸟和松鼠等食物也不缺。这么着，这只隼君就在这大都会的核心地带悠然（是否如此自是不知）度日。夫唱妇随，好像还生儿育女了。被猎为食物的松鼠和小鸟怕是麻烦事——"哦，吓死人了！"——但那就是自然界，奈何不得。

借摩天楼（够老的了）檐下筑巢的纽约之隼，好潇洒啊，羡慕之至。不过说实话，我有极度恐高症，在那么高的地方横竖生活不得。或者莫如说，有恐高症的人压根儿与隼君无缘。

跑到中央公园上头那边，再一下子掉头转弯跑回酒店，差不多十公里。惬意的距离。空气好，公园里几乎没有交通信号。时值秋季，汗只出一点点。洗罢淋浴换上衣服，走进附近咖啡馆点早餐：带香肠、鸡蛋的煎薄饼。我一边喝热黑咖啡一边琢磨隼。那只隼可能好端端吃上早餐？

差不多什么赌我都敢打：六点多钟能碰见一只美丽的隼——比这更美妙的一天怕是没有的。

像恋爱的人一样

处于特定状况，必有一支歌浮上脑海。比如仰望星光灿烂的夜空，口中就不禁哼出《像恋爱的人一样》（Like Someone in Love）那支老歌。知道吗？那是爵士乐世界广为人知的标准曲。

> 最近忽然察觉
>
> 不知不觉时间里
>
> 一个人一动不动看星星
>
> 或者听吉他曲听得出神
>
> 简直像恋爱的人一样

热恋当中是会有这样的事。意识就像蝴蝶在心情舒畅的空间里

翩然盘旋，忘记自己此刻正在干什么了。蓦然回神，已流逝了很长时间。有一首和歌[1]说"沉思浑不觉，直到人问起"，二者同一回事。

我想，恋爱最佳年龄大概在十六到二十一岁之间。个人差异当然是有的，不能一概而论，但若低于这个，难免显得稚气未退，看着让人发笑；而若过了二十一岁甚至年届三十，必有现实问题纠缠不放。倘年纪更大，就多了不必要的鬼点子，那个么，可有点儿那个。

十六七岁少男少女的恋爱，感觉上相当通透。因未谙世事，现实中固然有手忙脚乱的表现，却也因此而清新可人充满感动。当然，那样的日子转瞬即逝，意识到时已经永远失去了。而只有记忆仍保持原有的鲜度，卓有成效地温暖我们剩下的（痛苦多多的）人生。

我一直在写小说。即使在写东西方面，这种感情的记忆也非常

1　日本传统诗歌形式，由五句三十一字（音）组成，亦称短歌。

重要。上了年纪也仍在心中保留那种水灵灵原生风景的人，如同体内暖炉仍有火苗，不至于衰老得那般凄冷不堪。

因此，哪怕为了储存宝贵燃料，年轻时也最好不断谈恋爱。挣钱重要，工作也重要，但一心仰望星星和为吉他曲发狂那一时期在人生中极其短暂，十分难得可贵。呆愣愣忘了关煤气或从楼梯摔落下来那样的情形说有倒也是有的……

有餐车多好

近来倒是几乎看不见了，其实餐车那东西是很不错的。外出旅行，吃饭时我喜欢走去餐车，慢悠悠在那里就餐。纵使口袋里没多少钱的年轻时候，若是乘坐列车旅行，我也硬去餐车。

白色桌布铺在桌上（即使上面点点处处带有过去的酱油渍），使用沉甸甸的老式刀叉，如果再有花瓶插一支康乃馨，简直美上天了。先点啤酒。彻底冰镇的小瓶啤酒和显得甚为耿直的老式玻璃杯端了上来，沐浴着窗口射进的阳光，在桌布上投下啤酒瓶琥珀色的姿影。

那还是德国东西分裂的时候，我坐一趟列车从民主德国穿过——记得是从柏林开往奥地利的——上面有餐车，正是我朝思暮

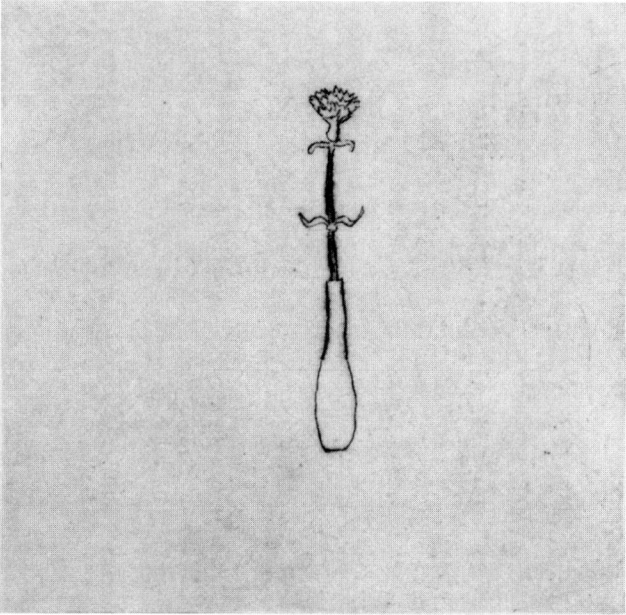

想的古典餐车。身穿白色罩衫的年纪大些的女侍应生走了过来，从衣袋里掏出半截铅笔，以询问综合症病情的神情，一边点头一边默默记下我点的东西。我从当天菜单上选了啤酒、汤、蔬菜色拉、胡椒牛排。

等待上菜时间里，我打量窗外的风景。民主德国带有昔日面影的城镇接连从眼前通过。秋天的阳光醇厚柔润，在建筑物顶端闪闪发光。河流，树林，软绵绵的草地，云絮从上面缓缓飘移。如果那里存在某个该抱怨的问题点，那就是端上来的饭菜实在不好吃。如何不好吃呢？即使过去十多年的现在，我也无法确切记起如何不好吃。便是不好吃到这个程度。

这么美好的列车上，却端出这么不好吃的饭菜——看来民主德国这个国家是长远不了的。当时我切切实实这么想来着，实际上几年后东德这个国家也不复存在了。倒不是餐桌上饭菜不好吃的国家活该全部土崩瓦解……

过去就想写一篇以餐桌为舞台的短篇小说。男子一个人旅行，在餐桌上同一个年轻女子对坐。男子点牛排三明治和啤酒。女子只要浓汤和水。女子边喝水边讲奇闻怪事。她携带一支酒精浸泡的粗手指旅行。她将那个小瓶从手袋里取出放在桌面上。有趣吧？但归终没写。这也是因为人世间再也见不到餐车了。

长寿也……

　　早死好还是长寿好，若叫我二者择一，我当然不由分说地选择后者，想多活几年。不过翻阅文学事典，注视古今中外作家面部照片时间里，转而陷入沉思：活太久怕也意思不大啊！这是因为，年轻时死去的作家留下来的是永远年轻的照片，而得以长寿的作家大部分都定格在死前不久的照片上。

　　例如阿尔蒂尔·兰波[1] 和普希金等人的照片总是那么年轻气盛朝气蓬勃。相比之下，志贺直哉[2] 之流则给人以老朽之感。志贺直哉？啊，就是教科书照片上的秃脑瓜子老伯——事情是这样的吧？作为他们恐怕也很想说：偶尔也用一下年轻时的照片嘛！这一来，我岂不一辈子都是老头儿了？可是，他们的那种声音传不来世间（不可能传来），以致世间流传的永远是上了年纪的秃脑瓜子且满

脸皱纹的照片。

假如无论如何都忍受不了，那么就只好像塞林格那样从某一时间段开始闷在高高的院墙里，不在世人面前亮相，新照片一概不照（塞林格已年逾八十，但中年以后他长的什么样几乎无人知晓）。不过我想怕也没必要弄到这个地步，老实说。况且，在悄然避离世人时间里，没准沦为传说，被大家忘得一干二净。

外国有专门拍摄作家面部照片的专业摄影师。他们是真正意义上的专家，几乎只拍作家的脸。把作家照下来，将底片做成文件保存好，应约借给出版社来取得报酬。最近杰里·鲍尔和马里恩·埃特林格即是其代表性存在。我也请这两人拍过照片，感觉果然不俗，不愧是专家。比方或许奇怪，就像技术高明的医师。

埃特林格在纽约摄影棚拍摄的雷蒙德·卡佛的黑白照片，也是

1　Jean Nicolas Arthur（1854—1891），法国诗人，象征派代表诗人。十五岁至二十岁之间写诗。生前几乎默默无闻，死后给二十世纪诗人和作家以莫大影响。

2　志贺直哉（1883—1971），日本小说家，尤其擅长写短篇小说。代表作有《暗夜行路》、《在城崎》等。

因为卡佛在那之后不久就去世的关系，已经作为"定格"发挥作用。的确是极有韵味的出色照片，年富力强作家的能量那样的东西清晰可见。

拼命维持健康，活到九十六。其结果，被后来人说道："村上春树？原来就是那个脏兮兮皱巴巴的小老头儿！"——我可不想活到这个分儿上。话虽这么说，早死也不情愿啊，伤脑筋，喏喏喏。

古董店奇谈

前面好像写了，我太太喜欢古董，外出旅行，无论去哪里都一头扎进古董店。我这个人，生活当中尽可能不对什么采取一棍子打死的态度，但有一个很想断然独断专行的原则，那就是：对于对古董不很感兴趣的人来说，再没有比陪人进古董店消磨很长时间更枯燥无聊的了。我太太使用我莫名其妙的专业术语同店主大谈特谈时间里，我打着哈欠在店堂转来转去，看根本不想看的东西，心想，这般脏兮兮的盘子怎么标那么高的价钱！

也罢，和进（倒是不进）女性用品商店不同，不至于"视线无处落"。在这点上说释然倒也释然，不过无聊还是无聊的。

进京都一家小古董店时，不知何故，一开始我就有凶多吉少之

感。那位老婆婆就像《汉塞尔和格莱特》中出场的魔女一样，甚至带有一股妖气：喏，莫不是住在深山老林里用千层饼和芜菁片盖的房子里？我下决心别太靠近，里面准没好事。

问题是，一来无聊，二来在陪太太过程中，我也成了"门前小伙计"[1]，掌握了一定程度的知识。看见眼前的盘子，口中嘟囔道："款识大概是明治的，花纹倒也不坏。"不理会就好了（为什么理会？），却拿在手里看了起来。就在这时，后背好像有强力电磁波那样火辣辣的视线落在上面。啊，糟糕！还没等我细想，手一滑，盘子掉在地板上，"呼"一声摔碎了。

"没关系，请别介意。那东西，反正是要坏的嘛！"老婆婆笑吟吟说道，但眼睛说的完全与此相反。嘴角笑，眼睛不笑。能够做出这种含有特殊信息的笑法的人，古都京都还是为数不少的。万般无奈，只好把一套十个——"买一个不卖"——哭哭啼啼全部买了。不容你不买。

"何苦找那个麻烦！"事后妻训斥道。

1　日语有"寺院门前小伙计，不学念经也会吟"的说法，喻义为耳濡目染不学自会。

　　"可那是有魔力的嘛！"我辩解说，"那老太婆射来火辣辣的电波，弄得我手一滑……"

　　这个说法妻子当然没接受。九个盘子现在家里仍在使用。也罢，盘子本身倒不那么糟。

不争吵

虽不能说我这人性格多么宽厚，但基本不至于同别人针锋相对地争吵。至少从我这方面来说，和谁吵得不欢而散这样的情形一次也想不起来。或许因为我有一点：给别人说坏话也不气恼。

由于工作性质，我在各种各样的场合被各种各样的人说得一塌糊涂。不仅说，还印在报纸杂志上。被表扬的时候倒也不是没有，但总的说来还是贬斥居多。例如"村上是浑球儿"、"村上是伪君子"和"村上是撒谎鬼"等等。不骗你的，别人的确这么说来着。这么说我当然也不在乎（若有人为之欢欣鼓舞，那是性格异常）。

但细想之下，被别人批为"你是伪君子"而能够拍着胸脯反驳说"不不，没那么回事，我可不是伪君子"那样的人，世上又能有

多少呢？至少我做不到，而认为既然别人那么说，自己身上或许多少有伪善成分，老实说。

在与此同一个意义上，我的确是浑球儿，是撒谎鬼。自以为是、顽固不化、见异思迁、心急意躁、麻木不仁、缺乏教养、不够洗炼。于己不利的事马上忘个精光，开枯燥无聊的玩笑，协调性等于零，为人浅薄，思考内容也浅薄。即使小说，重读起来也相当拙劣。当然要加上"或多或少"这一注解。即便如此，这么一项一项罗列起来，看上去也绝对是个没有生存价值的人。此外作为人格缺陷余地剩下来的，恐怕就是酒精中毒、幼儿虐待和闻臭袜子什么的了。

不过，这么索性来一次自暴自弃，也没有任何可以损失的东西。无论谁说得多么狠也不怕，也不怎么气恼。一如落进水池成了落汤鸡之后，就算有人用勺子淋水也不觉得冷了。这样的人生，说快乐也够快乐的。甚至反而会产生一种自信：人虽那么不堪，但仍不屈不挠努力奋斗！

我想——对此我颇有自信——如果说世上什么对人的伤害最

深，那其实是受到不应有的夸奖这点。因了那种夸奖而毁掉的人我见了许多。人一旦受到夸奖，势必为了回应而勉为其难，结果迷失了本来的自己——这样的例子为数不少。

所以，如果你无缘无故（或者有缘有故）被人指责受到伤害，你不妨为之庆幸，为没得到夸奖而欢天喜地。话虽这么说，做到怕是很难的，是的，很难。

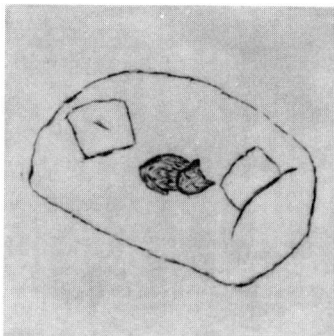

柳树为我哭泣

喜欢柳树吗？我可是相当喜欢。一次我找到一棵树形端庄的柳树，请人栽进院子。兴之所至，搬一把椅子在树下悠然看书。冬天到底寒冷，但春天到夏初时节，纤细的绿叶迎风摇曳，沙沙低语，令人心旷神怡。

柳树生命力顽强，任其生长，叶片很快过于茂密，要时不时请园艺工来"理发"。和人一样，理完发显得潇洒有致，枝也轻了。那在新风中摇曳的样子，看上去简直就像少女们不知疲倦地终日以舞蹈为乐。起跳、挥袖、旋转。柳树这种树虽然苗条优雅，但有句话说"雪不折柳"，意思说同格外粗壮的树相比，婀娜多姿的柳树反而顽强耐久。

美国老歌有一首《柳树为我哭泣》（Willow Weep for Me）。比

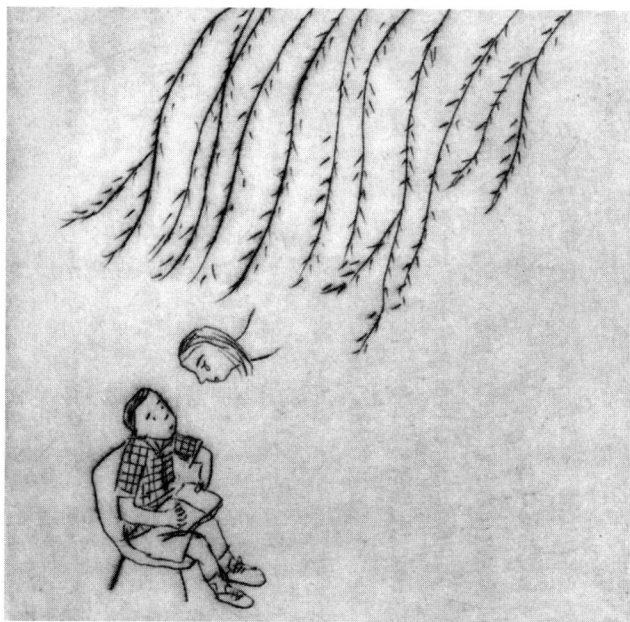

莉·霍丽戴唱得优美动人。歌的内容是一个被恋人抛弃的人对着柳树如泣如诉。为什么柳树要为谁哭呢？这是因为英语圈称"垂柳"为 weeping willow 之故。而 weep 一词除了"啜泣"这个本来含义之外，还有树枝柔软下垂的意思。因此，在英美文化中长大的人一看见柳树，脑海难免浮现出"啊，柳树别哭哭啼啼的"这样的印象。相比之下，在日本，一提起柳树，就马上想起"飘飘忽忽"的妖婆。文化不同，对事物的印象也相当不同。

不过，若说英美对柳树全然没有惧怵之感，那也似乎不然。英国作家阿尔杰农·布莱克伍德[1]有一部小说叫《孤岛柳林》，纯粹是鬼怪故事。乘船沿多瑙河而下的两个青年在沙洲一座柳树茂密的岛上野营，结果遭到四下里动来动去的柳树的围攻。柳树故意在黑夜中摇来晃去，逐渐将两人弄到手里。较之短篇，差不多接近中篇小说。或许是传统写法的关系，节奏缓慢，但一行行细读之下，开始有实感一点点渗出，让人脊背发凉。看来，柳树这种树有一种不可思议的生命力，让人不由得将其"拟人化"。

1　Algernon Henry Blackwood（1869—1951），英国魔幻小说作家。深受德国浪漫派影响，作品主张宇宙神灵力量的存在。

据说过去的中国女性在即将和所爱的人天各一方之际，折下柳枝悄然递给对方。因为柔软的柳枝很难折断，所以那条柳枝中含有"返＝归"的情思。够罗曼蒂克的，妙！

每次坐新干线到名古屋站，我都几乎不由自主地随口哼唱"柳树为我哭泣！"但这仅仅是因为站台卖米粉糕的缘故，尽管我自己都觉得无聊。

体重计

　　体重计那东西，大家可喜欢？这么一问，感觉上仿佛听得这样的声音："那玩意儿不就是量体重的器械吗？无所谓喜欢不喜欢。"世人好像大多如此。其中也许有人说"每次量体重都搞得我心情郁闷，什么体重计，顶讨厌不过！"——被这种岂有此理的原因讨厌的体重计可是够可怜的，我不由得大为同情。

　　实不相瞒，我个人是喜欢体重计那个东西的。迄今拥有好几个体重计，与之朝夕相处。它总是不声不响地在浴室角落打发时光，偶尔被拉出来踩上两脚，听得莫名其妙的"唔"、"啊"两声之后，再次被塞进角落——对这样的体重计，你不觉得可歌可泣？反正我每次瞧见体重计都由衷心想：假如自己是体重计，将会以怎样的心情度过今生今世呢？唔——，话虽这么说，若问我这方面能为体重

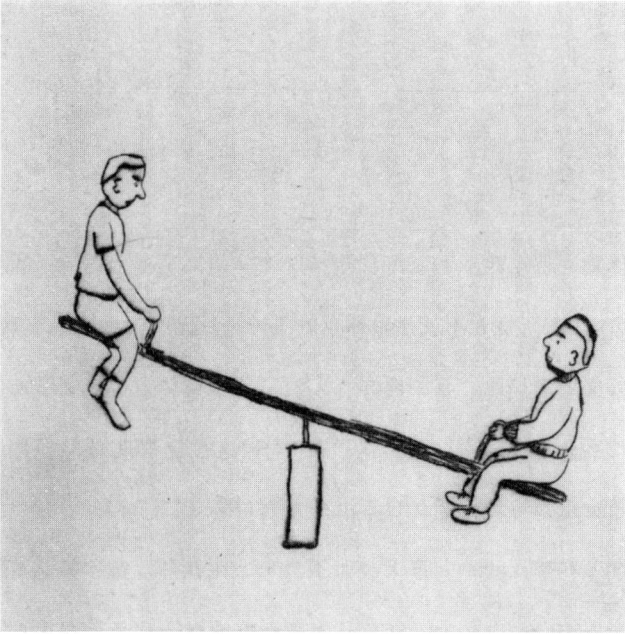

计做什么，却是没什么能做的。

我固然喜欢这样的体重计，但若说大凡体重计我都一视同仁觉得可爱，那也不尽然。一如对女性和服装有我自己的偏好，对体重计我也有我的些许偏好。不太喜欢的，是一踩上去体重就以数字一下接一下闪现出来的最近那种家伙。尽管看上去时髦，数字也容易读取，却让人觉得不可信赖。说体重计黑匣子化也罢什么也罢，反正谁也不晓得那个机器里边实际搞的什么名堂。比方说，没准那里边有个恶作剧的小人儿，一边伸懒腰一边往键盘里"啪哒啪哒"打进适当的数字："这家伙够重的了，给他来 72 公斤好了！"我这人在这方面是疑心很重的。

我个人喜欢的是过去蔬菜店里称菜用的那种杆秤，把秤砣移去左右，用正中间的刻度看体重。若使不熟练，操作起来颇花时间，近来几乎见不到了。不过那东西真是不赖。年头岁尾我在夏威夷休假一个来月（对不起），每天去的附近一家健身房就放有这种古典式体重计，于是和它彻底要好起来。

在东京连续在外面用餐，体重增加了。我决心趁此机会减少体重，减肥和运动多少做得认真了一些。结果瘦了三公斤左右。至于减少体重的诀窍，我坚信就是同性格好的做事认真的体重计友好相处。不过，正正经经强调这个的，恐怕也就是我这样的人。

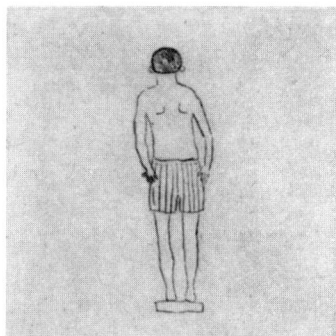

高尔夫那么有意思吗

泰格·伍兹君，还是那么厉害啊！话虽这么说，出生以来我一次也没打过高尔夫球，甚至兴趣都不曾有过。所以，伍兹君哪里厉害，我全然不知道，猜都猜不出来，只是适当想象罢了：既然力压群雄，那么肯定厉害吧。

这么着，每次看见伍兹君（泰格不怎么好称呼）我都心想，他那个人总是戴帽子啊！这么说来，记忆中从没见过他摘掉帽子。以致让我觉得洗澡时也好睡觉时也好恐怕也都头戴那顶 Nike 帽子（想必那也不坏）。

在此我有个建议。伍兹君别戴帽子，而代之以将 Nike 标记刺在额头上如何？这样，一来不必一一摘帽戴帽，二来不必洗，也用不着担心出汗弄湿。而且一辈子如影随形。 Nike 老总也必定感动，

大幅提高专属合同酬金："是吗，伍兹先生，原来你这么热心为我们宣传啊！"可喜可贺！而且，在额头弄个月牙儿形 Nike 标记，活像"旗本退屈男"似的，岂不够"酷"的？呃，"旗本退屈男"知道吗？不知道？老皇历了，抱歉。

我的熟人中几乎没有人打高尔夫。或者莫如说，有不少人对高尔夫这一体育活动的存在本身怀有反感。插图画家安西水丸君就是其中一个。和他单独夜半喝起酒来，不知不觉之间就说起高尔夫和打高尔夫人的坏话，简直近乎吹毛求疵：什么那装模作样的运动服看不顺眼啦什么坑坑洼洼浑身是洞的球形形迹可疑啦等等。

水丸君学生时代曾在一家高尔夫球场打零工当球童，当时没少吃缺德高尔夫球手的白眼，以致对高尔夫本身深恶痛绝起来。说是年轻时的"学生体验"也好什么也好，反正这种情况是不少见的。我也在学生时代打过零工，在日本银行每天从早到晚擦面值万元钞。自那以来就对钱深恶痛绝——当然这纯属扯谎（啊，无聊）。

我喜欢越野滑雪。北海道一带的高尔夫球场到了冬天一积雪，就成了像模像样的越野滑雪场。坡势徐缓的山丘无边无际，这里那里点缀着漂亮的树林和水池，四周阒无声息，不时有北海道狐狸朝

这边转过充满好奇心的脸。委实妙不可言。说起我同高尔夫球场的
接点，时下仅此一点。

只要有路

写了不打高尔夫的事，颇有些欲罢不能。关于不打高尔夫，理由我可以即刻列出八十七条，举其要者如次：

（1）一个人打不来，要和别人配合。

（2）必须——跑去远处。

（3）要置办器材，携带是一大麻烦。

（4）运动服喜欢不来，郁闷。

反过来说，处于其对立面的，就是我中意的运动，比如跑步。跑步一个人做得来，只要有路，无论哪里无论何时都不在话下。除了一双合适的鞋，无需特殊器具。

如此这般，二十年来我天天奔跑不止，跑起来让我痛快的，尤

其是在旅行的时候。去陌生的外国城镇，早上起来在酒店附近一带悠悠然驱动脚步，实在开心得很。

不仅开心，跑步时的速度（时速约十公里）极适合观赏风景。开车时看漏的地方也能闪入眼帘，而同走路观赏相比，消息量又大得多。若有感兴趣的，可以止步细细观看，还能和愿意和人亲近的猫玩一阵子。如果说有什么问题的话，那就是往往迷路。那也是难免的。毕竟是在完全摸不着东南西北的地方随意奔跑，不迷路反倒不可思议。

在芬兰街头跑时就找不到回程路了。离开酒店时阳光灿烂，但中途阴了，风刮了起来，冷得要命。四下空无人影，搞不清自己身在何处。假如不在那里碰见热情的驯鹿母子，或者冻死都有可能……这当然是开玩笑，不过冷是真冷啊！

在意大利中部迷宫般的古老城市，忘了下榻的酒店。跑了一个小时，跑得舒舒服服，心想该回酒店淋浴，岂料想不起酒店名称了，这下糟了，连问路都无法问。不管不顾胡乱奔跑时间里，偶然跑到有印象的酒店跟前，得以九死一生。否则真不知落得什么下场。

在希腊街头跑时常被人叫住："老兄，歇一会儿喝杯乌糟[1]吧!"我当然客气地谢绝了（喝那东西就跑不成了）。不过，以自己的双腿一边在路上跑着一边观望世界的风景，感觉的确妙极，唔。

---

1 原文是 Ouzo，用大茴香籽调味的希腊产的一种果酒，用于饭前促进食欲或饭后作为清凉饮料饮用。

说再见这回事

雷蒙德·钱德勒的小说中有句有名的台词:"告别就是死去一点点。"关键时刻,我也想把这生死攸关的台词说一次试试,却不知是不是不好意思,怎么也不能在清醒状态下说出口去。倘若酩酊大醉,没准能口误道出。这种事,真是无可奈何。

不过——并非同钱德勒唱对台戏——若允许我发表一己之见,在说出"再见"之后,人其实是很少马上死去的。我们真正差点儿死去的,是在以身体正中直接面对自己口说"再见"这一事实之时,是在将告别的重量作为自己本身的事实际感受的时候。可是在一般情况下,要走到那一步,需要时间把那一带转一圈。

在过去的人生中,我也曾向不少人告别,但记忆中顺利说出再见的时候几乎一次也没有。如今回想起来,觉得把再见说得地道些

的方式应该是有的。所以再次切切实实感到留下懊悔——倒也不至于这么严重（即使懊悔，生存方式也不可能因此而得以改变）——的自己是个多么不健全和马虎大意的人。人这东西，估计不是因为什么而"嗵"一声一下子死掉的，而是在许多东西一点点日积月累过程中死去的。

说一个顺利而美妙地道出再见的特例吧。

二十世纪最后一天的考爱岛北部海岸，落日漂亮得无可形容。鲜艳的橙黄色球体在山顶摇摇欲坠，将云和海染成同一颜色。为了观看火烧云，我漫无边际地驱车奔驰。车内收音机正巧播放布莱恩·威尔逊的名曲《卡罗琳，不》，听得我胸口一阵发热，好一会儿说不出话来。

二十世纪即将逝去。这以前我对此不怎么在意，暗想那不过是日历问题。可是在听这首歌时间里，自然生出"此刻正在向一个巨大的块体告别"这一心情，并且一点点向全身扩展。第一次听得《卡罗琳，不》是十六岁那年。老实说，当时没怎么听明白歌的妙处。现在明白了，深深明白了。我切实感到，我的二十世纪便是如此这般过去了。当然不是什么大不了的事，但对于我个人毕竟是一件事。

这么着，我觉得自己在相应的背景和音乐中得以从个人角度对二十世纪顺利告别。啊，这种事偶尔也是有的。

后记

　　收在这里的五十篇短文，是一年来每星期在《anan》杂志连载一次的文章结集。将《anan》拿在手上读的，想必大多是二十岁左右的女子。至于那样的人到底需求怎样的读物——或者从根本上说对读物之类有无需求——我几乎无从判断（遗憾的是我周围不存在属于那一年龄层的人）。于是心想，别这个那个想那么多了，无论什么，只管随便写自己感兴趣的好了，并且写了出来。

　　只是，在以年轻读者为对象写东西时我事先提醒自己：注意不要轻易下结论或类似结论的什么；不要写包括"这种事情理应人人晓得而无需一一解释"这类前提的文章。以强加于人的语气述说什么是正确什么是不正确那样的东西也尽可能不写。因为，对某人正确的，对另一人可能是不正确的；此时正确的，另一时候不正确的情况也是有的。

这么想来，觉得自己好像仅仅成了那里的空气似的，即使不特别绞尽脑汁也能每星期一挥而就。《anan》的读者实际读的过程中是怎么想的，我固然不清楚，但作为我本身来说，因为可以尽情写喜欢的事情，所以写得相当开心。至于集中在这里的文章对社会是否有用，我是没怎么在考虑的。但只要大家读起来心情愉快，并且多少起一点儿个人作用，作为笔者就很庆幸。

连载当中配了大桥步君的画。这对于我是很大的鼓励。在我还是只有猿猴那么多的脑浆的高中生时，年纪轻轻的大桥步就已为《平凡PUNCH》画封面了。那时我每星期都买《平凡PUNCH》来读。除了连载时候画的，出版单行本时又承大桥步君另外画了许多许多插图，在此表示感谢。

anan 连载期间

大桥步

记得是一九九九年夏天快过去的时候， anan 总编打来电话，希望我看一看玄光社《插图实例集》中的版画。书中收了我在该杂志最初尝试画的六幅版画。估计总编一位熟人想得到一张，就寄了几张过去。

往下一段时间什么回音也没有，就以为人家没看中。正当这时，接到电话说准备请村上春树为 anan 写连载随笔，插图决定用版画。我说能请到村上春树君写连载随笔， anan 够厉害的啊！插图用谁的版画呢？对方随即说"他看中你大桥君的版画了"。

看来版画插图是由我画了。总编似乎将从我手里借的版画给村上春树君看了。厉害的莫如说是我。 anan 可以请到村上君出马，但作为我，哪怕再想为村上君的文章画插图，本来也是没办法开口的。做梦都梦不到（毕竟醒来就空欢喜一场）。我深深感到从事插图工作是多么幸运。幸亏对版画也尝试了一次。

毕竟我是相当够程度的村上迷。他每有新书出来就到处去买，甚至不惜把书店码堆的书重新码好。

惟其是村上迷，画起来也就分外紧张。

anan 的"村上广播"专页式样简洁，作为为期一年的连载开始了。虽然我的版画还远远不够得心应手，但心想这样的机会绝无仅有，就下定决心：加油！不断加油！

版画用的铜板和插图尺寸相同，用 needle（有尖的金属）刻着作画。印刷师在上面涂满墨，印在湿纸上（纸不湿印不上）。这个手法叫铜版雕刻术。印制当中有时需要补刻，人得在场才行。如果没有问题，就贴在板上干两天，成为原画。有些花时间。 anan 是周刊，村上君一次给四期文稿，所以能来得及。

尽管这样，每次仍放心不下，不知这样的画是否可以。例如117页的炸肉饼猫和151页的伸舌头女孩等等。炸肉饼猫评价欠佳，女孩则深受喜爱。但作为我都同样担心来着。评价很难预料。

能够紧随总编读得村上君随笔这幸福的一年时间，转眼就过去了。我的幸福心情也随之结束了。

好在"村上广播"很快由 MAGAZINEHOUSE 出了单行本。按村上的想法，一篇随笔配两幅版画，因此用了很多我的画。单行本于二〇〇一年六月印行。

"村上广播"这次由新潮社作为"文库"出版，和单行本同样的画有幸承蒙同样采用。

可另一方面，总编叫我写一下插图的来龙去脉这件事使我感到十分紧张。毕竟是村上春树君的书！这么写的时间里都惶恐得胸口像要裂开。

村上春树君，能给您画插图，这实在让我感到高兴。